京都祇園もも吉庵のあまから帖9

志賀内泰弘

PHP
文芸文庫

○本表紙デザイン＋ロゴ＝川上成夫

もくじ

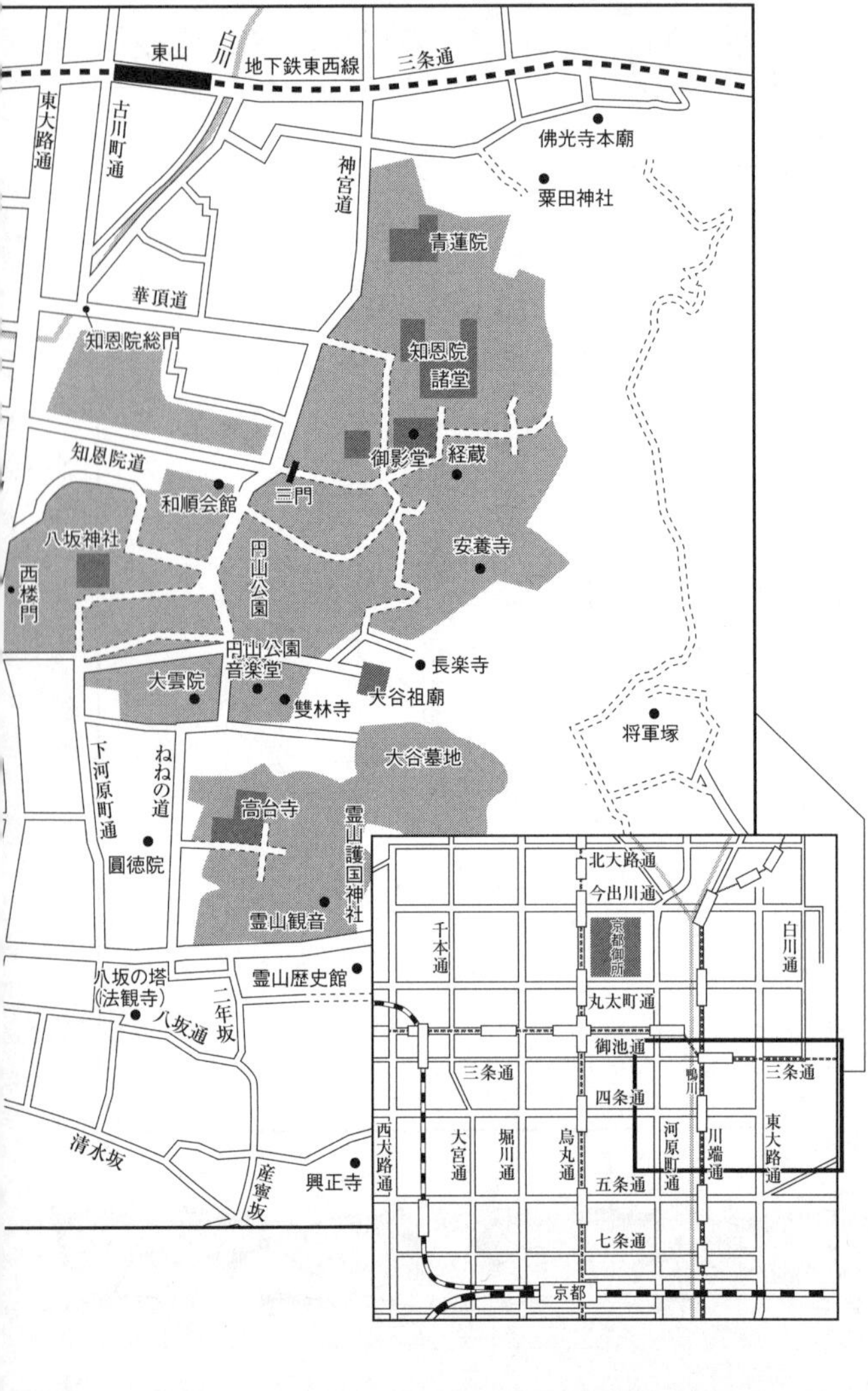
東山
白川
地下鉄東西線
三条通
東大路通
古川町通
佛光寺本廟
神宮道
粟田神社
青蓮院
華頂道
知恩院総門
知恩院
諸堂
知恩院道
御影堂
経蔵
和順会館
三門
八坂神社
円山公園
安養寺
西楼門
円山公園
音楽堂
長楽寺
大雲院
雙林寺
大谷祖廟
将軍塚
下河原町通
ねねの道
大谷墓地
高台寺
霊山護国神社
圓徳院
霊山観音
八坂の塔
(法観寺)
霊山歴史館
二年坂
八坂通
清水坂
産寧坂
興正寺
北大路通
今出川通
京都御所
千本通
白川通
丸太町通
御池通
三条通
鴨川
四条通
西大路通
大宮通
堀川通
烏丸通
河原町通
川端通
東大路通
五条通
七条通
京都

祇園町付近図

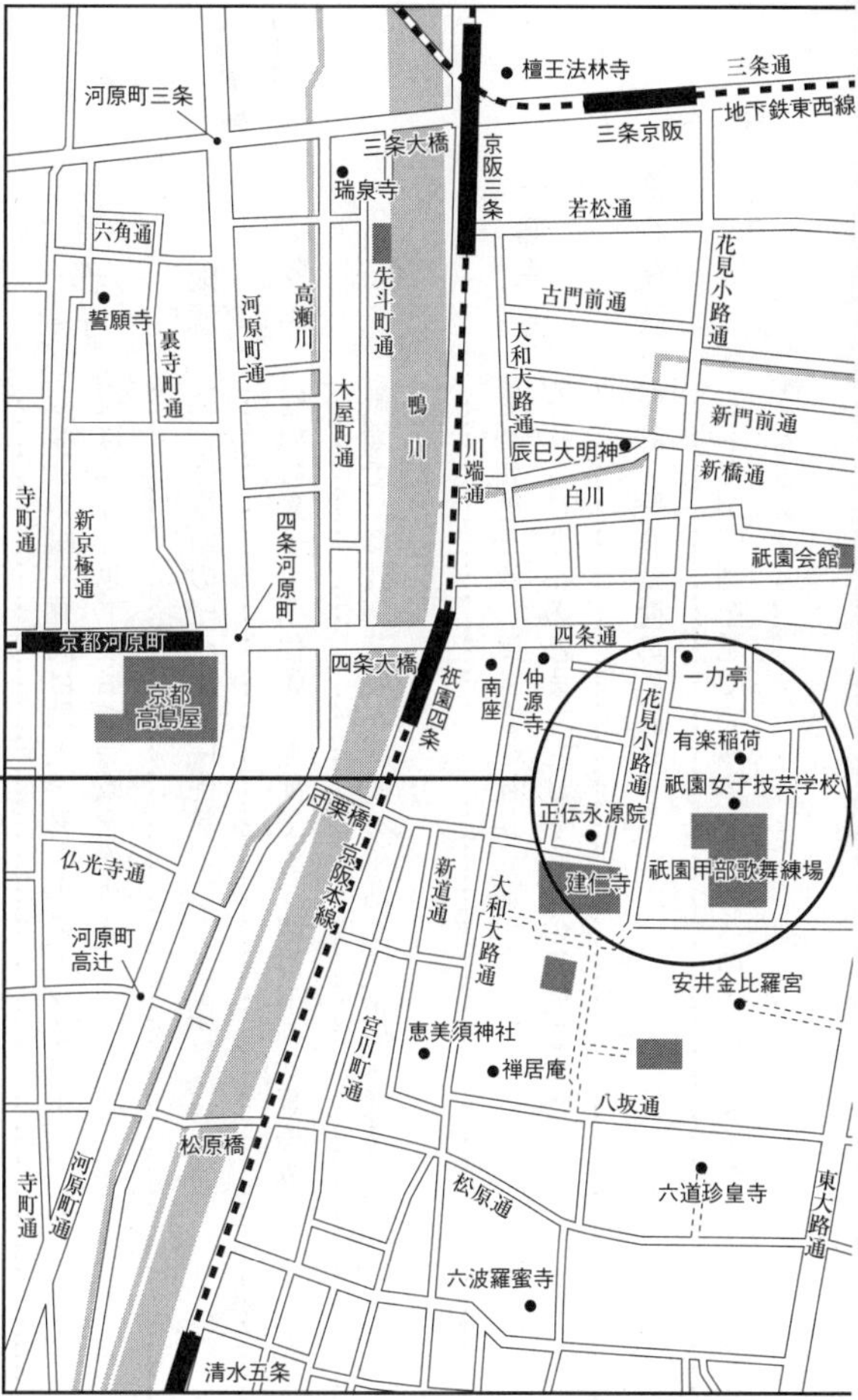

もも吉庵界隈

登場人物紹介

もも吉《きち》
祇園《ぎおん》の〝一見《いちげん》さんお断り〟の甘味処「もも吉庵《あん》」女将《おかみ》。元芸妓《げいこ》で、お茶屋を営んでいた。

美都子《みつこ》
もも吉の娘。昼間は個人タクシーのドライバー、夜は「もも也」の名で芸妓を務める。

隠源《いんげん》
建仁寺《けんにんじ》塔頭《たっちゅう》の一つ満福院《まんぷくいん》住職。「もも吉庵」の常連。

隠善《いんぜん》
隠源の息子で副住職。美都子より四つ下の幼馴染《おさななじ》み。

琴子《ことこ》
祇園で、舞妓、芸妓が所属・生活し、茶屋へ派遣を行う「屋形《やかた》」の女将。

斉藤朱音《さいとうあかね》
老舗《しにせ》和菓子店、風神堂《ふうじんどう》の社長秘書。ちょっぴり〝のろま〟だけど心根の素直な女性。

高倉《たかくら》院長
医師。総合病院の院長。

おジャコちゃん
もも吉が面倒を見ているネコ。メスのアメリカンショートヘアーで、かなりのグルメ。

第一話　青嵐《あおあらし》　父の背中が眩《まぶ》しくて

「あれ⁉」

隠善《いんぜん》は、思わず声を上げてしまった。

「もも吉《きち》お母さん、いつもの清水焼《きよみずやき》の茶碗《ちゃわん》と違いますね」

「へえ、九谷焼《くたにやき》どす」

器に、大きな赤い牡丹《ぼたん》の花が、艶《あで》やかに咲いている。

おジャコちゃんが、「何事か」という顔つきをして、丸椅子からカウンターに前足をかけてのぞき込んできた。

「ミャウ〜」

アメリカンショートヘアーの女の子で、超グルメ。「もも吉庵《あん》」のアイドル的存在だ。小豆の匂いに惹《ひ》かれたのかもしれない。

隠源《いんげん》が、瞳《ひとみ》を輝かせて口を開いた。

「おっ！　これはひょっとして……」

もも吉が、にやりとして問う。

「ひょっとして？」

「魯山人《ろさんじん》やないか」

「ご明察、魯山人の九谷焼や。さすが、臨済宗《りんざいしゅう》のえらいお坊さんだけのことはあるなぁ、じいさん」

「褒めといて、じいさんは余分や。ばあさん」

隠善は、京都の古刹《こさつ》・建仁寺《けんにんじ》塔頭《たっちゅう》の一つ満福院《まんぷくいん》の副住職を務めている。父親で住職の隠源と檀家《だんか》の法要に出かけた帰りに、「もも吉庵」を訪れた。道すがら、

「今日はどないな麩《ふ》もちぜんざい食べさせてくれるんやろ」

「僕も楽しみや」

と話しながらやって来た。

「もも吉庵」の名物といえば「麩もちぜんざい」だ。

女将《おかみ》のもも吉が、毎度のようにさまざまな工夫を凝《こ》らして拵《こしら》えてくれる。ある時は、豆乳《とうにゅう》仕立て、またある時は抹茶《まっちゃ》や黒糖《こくとう》を使い風味豊かに。麩もちにも桜やほうじ茶を練《ね》り込んだりと、手の込みようには感心するばかりだ。茶碗のふたを開けるのがワクワクする。

もも吉はいったん奥の間へと下がり、再びお盆を手にして現れた。

隠善、隠源、そしてもも吉の娘で、祇園甲部《ぎおんこうぶ》の芸妓《げいこ》とタクシードライバーを兼業する美都子《みつこ》の前に、茶碗を置いた。

ところが、目の前のカウンターに置かれたのは見慣れぬ器だった。それがまさ

か、魯山人とは……。

稀代《きたい》の美食家として知られる北大路《きたおおじ》魯山人は、陶芸家としても一流だった。テレビの鑑定番組で、何百万円も値が付いたのを見たことがある。

「うちがお茶屋やってた頃、花代《はなだい》が支払えんようになったお客様から、代金の代わりにて頂戴したもんや」

「え～そんな高価な茶碗で食べられるなんて、もったいないなぁ」

粗相《そそう》でもしたらたいへんだ。隠善は、触れるのも恐れ多く、手を引っ込めた。

「何言うてるんや、隠善。魯山人はこう言うてる。『器は料理の着物である』てな。ばあさんの何でもないぜんざいに、一流の着物を着せてやると、ぜんざいも一流になるいうことや。さあ、いただこ」

「なんやて、何でもないいて」

と、もも吉はぶすっとして言う。

隠源は軽口を叩《たた》きながらも木匙《きさじ》を手にすると、あっという間に平らげてしまった。

「あ～満足満足。さすがに魯山人の器は違う。いつものぜんざいが百倍も美味《おい》しかったわ」

「そうどすか」

もも吉は、そっぽを向く。それが二人の親しさの裏返しなのだろうが、互いにもう少し大人になればいいのに、と思ったりもする。隠善も茶碗と木匙を手に取り、一口含んだ。

「落としたらどないしよ、て思うとちっとも味がしいひん」

「うちもや」

と、美都子も苦笑いした。

そこへ表の格子戸《こうしど》が開き、トントントンッと飛び石を歩く音が聞こえた。襖《ふすま》が開くと、よく知った顔が現れた。

「あら、マル京のお父さん」

美都子が笑顔で言う。花街《かがい》では、血のつながりがなくても、目上の人を「お母さん」「お姉さん」「お父さん」「お兄さん」と呼ぶのが習わしだ。みんな、一つ屋根の下の家族という気持ちの表れだ。

「ああ、みなさんお揃《そろ》いで」

「マル京」は南座のすぐ近くの文具店だ。ペンやノートも置いてはいるが、そんじょそこらの文具店とは違う。芸舞妓《げいまいこ》が使うちり紙や、千社札《せんじゃふだ》を扱っている。人気の歌舞伎役者《かぶきやくしゃ》の御用達《ごようたし》でもある。

「美都子ちゃん、新しい千社札でけたさかい、持って来てあげたで」

「おおきに、マル京のお父さん」

もも吉が、

「ちょうどええ、麩もちぜんざい食べてってておくれやす」

と誘うと、隠善の隣の席に座った。実は隠善は、マル京のご主人が大の苦手《にがて》だ。いや、苦手と言っても嫌いなわけではない。青春時代の「汚点《おてん》」ともいうべき恥ずかしい出来事を知られているからだ。そわそわして、「こんにちは」と言っても、まともに目が合わせられない。だから、隣に座られると、どうにも落ち着かないのだ。

美都子がそれに気付いた。

「なんやの、善坊《よしぼう》。トイレでも行きたいんか」

「ううん……なんでもない」

隠善はそう答えはしたものの、遥《はる》か昔の出来事が脳裏に蘇《よみがえ》る。

それは、中学二年の定期テストが間近に迫ったある日のことだった。家に帰って勉強しようとカバンを開けた。すると、見慣れぬものが眼に飛び込んできた。

蛍光カラーペンの五本セット。

ついさっき、帰り道に立ち寄った「マル京」で手に取ったことまでは覚えている。しかし、代金を支払った記憶がない。「つい」というのでも「うっかり」というのでもない。無意識にカバンに入れてしまったらしい。

隠善は、友達にからかわれるほど、真面目《まじめ》一筋の性格だった。それだけに、自分のしでかしたことがショックで、身体《からだ》全体から血の気が引く思いがした。

翌日、謝ろうと思い、恐る恐る「マル京」を訪ねた。お父さんの顔色を窺うが、いつもと同じように笑顔で迎えてくれた。ひょっとすると、万引きのことに気付いていないかもしれない。

そう思うと、ホッとした。

なのに、またやってしまった。今度は、うさぎの絵の入ったノートを二冊。女の子、それも小学校の低学年の子どもがほしがるようなものだ。自分でもわけがわからない。さらに数日後、今度はポチ袋を黙って持ち帰ってしまった。

そんな時、たまたまテレビのニュース番組に目が留まった。万引きを止《や》められない人たちを追った特集だ。なんでも、万引きの常習は病気の一種というケースもあるという。隠善は、愕然《がくぜん》とした。自分もきっとそうに違いないと。

（もう僕の人生は終わりや）

隠善は、一睡《いっすい》もできずに朝を迎えた。

学校の帰りに意を決して、「マル京」へ立ち寄った。お父さんは、表のポチ袋や絵葉書のワゴンにハタキをかけていた。勇気を出して、頭を下げた。

「マル京のお父さん、かんにんしてください。僕、万引きしてしもうたんです」

するると、意外な言葉が返ってきた。

「万引きやて？　知らんなぁ」

「え？」

「お金はちゃんと、もろうてるでぇ」

「そんなはずは……」

「美都子ちゃんから、一万円預かっとる。最近、善坊がよう勉強してる。文房具、うちがプレゼントするさかいに、ほしいもん好きなだけ渡してあげてなって。そやから、万引きやないんや」

隠善は、ニコニコ微笑《ほほえ》むお父さんの前で、茫然《ぼうぜん》として動くことができなかった。

隠善は、美都子とマル京のお父さんに心から感謝した。自分が罪を責められるのは当然だ。しかし、「住職の息子が万引きを働いた」などということが近隣の人たちに伝わったら、父親の隠源がどれほど冷たい目で見られることか。「住職は自分の息子の教育さえできないのか」と、檀家《だんか》の信頼を失うことにもなりかねない。それを心配して、二人して計らってくれたのだと思った。

それ以後、ピタリと万引きは止まった。万が一のことを考えて、しばらくの間、コンビニへさえも入らないように心がけた。

ところが、である。

もう二十年以上も前の出来事だというのに、マル京のお父さんの顔を見るたび、申し訳なさが募って身体が硬直してしまう。もちろん、マル京のお父さんから一度も責められたことはない。いっそ、「その昔、お前は悪さしたなぁ」とでも言われた方が、どんなに気が楽になることか。

「隠善さん」

「……え？」

「なあ、隠善さん」

マル京のお父さんの声に、隠善は「あの頃」から引き戻された。

「は、はい」

急に名前を呼ばれて、返事に詰まった。

「あんたいつも、わてのこと避けてるやろ。なんやよそよそしいいうか」

「いいえ……そんなこと」

あまりにも図星《ずぼし》で言葉が出ない。胸の内を見透かされているに違いない。

「ええ機会やから、この場を借りて言《ゆ》うておこう思うんやが、どないやろか隠源さん」

「え⁉」

マル京のお父さんが、なぜか父親の方を向いて了解を求めた。

「そやな、もう時効やろ」

と父親は、そっけなく答えた。隠善は、悪い予感がしつつも尋ねる。

「時効？　……てどないなことですか？」

マル京のお父さんは、隠善の方を向いてニコリとした。

「隠善さんが万引きしたことを謝りに来た、そのすぐあとのことや。入れ替わりに隠源さんが店を訪ねて来はったんや」

「え、おやじが？」

「このところ、どうも息子の様子がおかしい。たまたま四条通《しじょうどおり》で学校帰りの息子を見かけたけど、背筋曲げて青ざめた顔をしている。それで、こっそり跡《あと》を付けたんやそうや」

隠善は父親の顔を見た。すると、眉《まゆ》を少しだけ寄せてコクリと頷いた。マル京のお父さんが話を続ける。

「隠源さんになぁ、『うちの息子、どないかしたんか？』て尋ねられて、わてはごまかすことはでけへんかった。隠善さんには申し訳ないけど、ほんまのこと言うてしもうたんや。そいで、『たぶん出来心《できごころ》や思う。なんや辛《つら》いことがあって、一瞬、心の病《やまい》に罹《かか》ってるんやないか思う。そやから、責めんといてや』てなぁ」

そんなことがあったなんて、初耳《はつみみ》だ。まさか、父親が、万引きのことを知っていたとは思いもしなかった。

「『おおきに、マル京さん』。そう言わはると、隠源さんはいきなり店の床にひざまずかはった。それでなぁ、草履《ぞうり》を脱いだかと思うたら、両手をついて土下座《どげざ》しはったんや」

「え⁉」

隠善は、再び父親の顔を見た。

すると父親は、気まずい表情で目をそらして天井を見上げた。

「そいでなぁ、隠源さん、こう言わはったんや」

隠善は、マル京のお父さんの次の言葉を待った。

「『かんにんや、マル京はん。息子の罪は父親の罪や。どうか赦《ゆる》してください』てなあ。わては言うた。『何言うてるんや。わてとあんたの仲やないか。土下座なんて止《や》めてや。それに、この問題はもう解決してるんや。美都子ちゃんが全額立て替えてくれた。美都子ちゃんは、善男《よしお》君のお姉ちゃんみたいなもんや。たぶん、今晩にでも上手《うま》く話して諭《さと》してくれはることやろう。なんも心配することはない思うで』てなあ」

なんということか。知らぬは自分ばかりだったとは。それよりも何よりも、父親が自分のために土下座までして謝ってくれていたことに驚いた。

「おやじ……おおきに」

もも吉が、真顔《まがお》で言う。

「息子のためとはいえ、なかなかでけへんことや。お寺の仕事サボッてばかりいるじいさんも、そういう一面があるいうことやな」

隠源は、隠善の目を見ようとせず呟《つぶや》く。

「そんな昔のこと、覚えてへん」

「あはは、隠源さんらしいなあ」

と、マル京のお父さんが笑った。すると、憮然《ぶぜん》として腕組みをしていた父親が、ふっと微笑んだ。隠善は、マル京のお父さんに温かな瞳で見つめられた。

「隠善さん、若気《わかげ》の至りいう言葉もある。子どもが過ち犯したとき、正しい方へと導くんは大人の責務や。そないにいつまでも、心にしこりを持ち続ける必要はない思うで。その後のあんたのお坊さんとしての精進《しょうじん》ぶりは、誰が見ても立派なもんなんやさかいになぁ」

「はい、ありがとうございます」

隠源が、まるで何もなかったかのように口を開いた。

「もうその話は終わりや。さあ、ばあさん、マル京さんに麩もちぜんざい拵えてやってや。わてにもお代わり頼むでぇ」

「へえへえ、ご無礼しました。ちびっと待っといておくれやす」

もも吉が、すぐに支度《したく》をして奥の間から戻って来た。

魯山人の茶碗が、マル京のお父さんの前に置かれた。

「あっ！」

「だめ!!」

もも吉と美都子が、同時に声を上げた。何を思ったのか、おジャコちゃんがマル京のお父さんの膝《ひざ》の上に、スルスルッとやって来て飛び乗ったのだ。その拍子に、お父さんが手にした茶碗が床に滑り落ちた。

ガチャン！

「大丈夫どすか？　火傷《やけど》せえへんかったどすか？　うちが片付けるさかい、誰も手ぇ出さんといてや。危ないさかい」

そう言って美都子が、ハンカチでマル京のお父さんの膝を拭く。

「ああ、これやきっと。おジャコちゃんにお土産《みやげ》にと持って来てたんや」

と、マル京のお父さんが懐から、カツオ節の切れはしを取り出した。

床をのぞき込む隠源が、いかにも情けなさそうに言う。

「あ〜真っ二つに割れてしもうてるで。魯山人やで、魯山人」

もも吉は、一つも慌てることなく呟いた。

「そやなあ」

「何のんびりしたこと言うてるんや」

「心配いらへん、写しや」

「え？」

隠源が、ポカンとして口を開けた。

「これは、ようでけた魯山人の写しや。うちも本物かと思うたんやけど、知り合いの骨董商《こっとうしょう》に鑑定してもろうたら、九谷焼の古い窯元《かまもと》の跡継ぎさんが、修業のために魯山人真似《まね》て作らはったもんやてわかったんや」

「な、なんやて」

「そやのにじいさんは、ついさっき『さすがに魯山人の器は違う。いつものぜんざいが百倍も美味しい』なんて、言うてはりましたなぁ。なんや臨済宗では偉いお坊さんらしいけど、名前や肩書きに踊らされてまだまだ修行が足らへんのと違いますか」

「うう……」

「せっかく、父親として立派なところ見せたばかりやのに、残念やったなあ」

「うちも騙《だま》されてしもうた」

と、美都子が口に手を当てて笑った。もも吉もマル京のお父さんもつられて笑った。隠源だけが、いかにもばつの悪そうな顔をして、口をとがらせている。それでも隠善は、心の中で呟いた。

（尊敬してるで、おやじ）

と。隠善はこの機会に、「なぜ自分が万引きをするようになってしまったのか」という理由を話そうと思ったが、グッと唾《つば》を飲み込むようにしてとどまった。


「あ～ダメだぁ～」

ボールはサッカーゴールの上空へ大きくホップして、欅《けやき》の緑の中へと吸い込まれていった。

「何やってんだよ、勝っちゃん」

チームで一番仲がいい友達の長谷川航大《はせがわこうだい》が溜息《ためいき》をつく。大宮勝己《おおみやかつき》は、

「おれ、なんで本番に弱いんやろ」

と、いかにも「またしくじった」という顔をして自分の頭を掻《か》きながら、野村《のむら》コーチの方をチラリと見た。すると、両手を腰に当て、「仕方がないなあ」という顔つきで言われた。

「お前なあ、『本番に弱い』なんて自分で言う奴があるか！　集中力が足らへんのや、集中力が！」

「はい」

わざとらしく、シュンとして返事をした。

「よし、みんな集まれ。次は紅白戦でそれぞれの力量をチェックする。ビブスを着て、すぐに始めるぞ！」

ビブスとは、チームの区別が付くようにユニフォームの上から着るメッシュのウエアのことだ。試合開始後、すぐに勝己のチームがボールを支配した。

「イケイケ〜」

野村コーチの声が響く。

フォワードの勝己のところに、絶好のボールがパスされてきた。今ならゴールする自信があった。しかし、一瞬ためらった間に、スルスルーッと敵のディフェンダーが真横から現れた。勝己は、ボールを航大へパスした。

半歩ずれたボールを、航大がなんとか受けてくれて、シュート！

しかし、キーパーに真正面で受け取られて得点にはならなかった。

紅白戦が終わると、野村コーチにまたまた呼ばれた。

「大宮、なんであそこでシュートせえへんかったんや」

「はい。航大のところはディフェンスがガラ空きやったから……」

「お前ならキメられたやろう。せっかくアピールでけるチャンスやったのに、何してるんや。レギュラーがかかった大事なテストやてわかってるはずや。一生懸命に応援してくれているお父さんに、申し訳ないと思わへんのか」

「はい、きっとまた父に叱られると思います」

その後、全員がベンチの前に集合した。

そこで、新しいレギュラーメンバーが、野村コーチから発表になった。

GK《ゴールキーパー》 佐藤《さとう》、DF《ディフェンダー》 高見《たかみ》、棚橋《たなはし》、岩田《いわた》、坂井《さかい》……。

MF《ミッドフィルダー》 長谷川、榊原《さかきばら》、金城《かなしろ》……。

一応、ドキドキとしながら一人ひとり名前が呼ばれるのを聞く。

小学生のときからの一番の仲良しの航大がレギュラーに入ったので、ホッとした。チラッと見ると、ガッツポーズをしている。

FW《フォワード》 山内《やまうち》、近藤《こんどう》……そして、あと一人、斉田《さいた》。

やはり……レギュラーになれなかった。

勝己は航大と一緒に、グラウンドを出た。途中、大通《おおどお》りへ出たところで、

「またな」

と言い、別れた。少しして背中に、航大の声が聞こえ振り向く。

「落ち込むなよ」

「うん、サンキュ」

と、力なく答えて手を振った。このまま家に帰る気にはなれなかった。鴨川河畔《かもがわかはん》に降り、とぼとぼと川上に向けて歩く。川の中に入って、子どもたちが川遊びをしている。そういえば、自分も小学校の低学年の頃には、よくここで友達と遊んだことを思い出した。

「あの頃に戻りたいなぁ」

そう独り言を呟いた。

出町橋《でまちばし》のところまで来ると、人が大勢出ていて騒がしい。そこで、ようやく気付いた。今日は、葵祭《あおいまつり》の「路頭《ろとう》の儀」が行われる日だった。葵祭は、今から約千五百年前に始まったとされる下鴨《しもがも》神社と上賀茂《かみがも》神社の例祭である。京都御所《ごしょ》より、下鴨神社を経て、総勢五百余名、馬三十六頭、牛四頭、牛車二基、腰輿《およよ》一台による王朝行列が、八キロもの距離を練り歩く。自分のことを考えるのに精一杯で、そんなこ

とさえも忘れていた。

勝己はこの春、中学二年生になった。

地元のスポーツ少年団のサッカーチームに入って三年が経つ。学校が終わると、ほぼ毎日、練習に出かける。その他、週に三日、学習塾にも通っている。正直、へとへとだ。学校の友達からは「ほんまサッカーが好きやなあ」と感心されている。でも、実はサッカーなんて好きでも何でもない。仕方なく、逃げ道として選んだだけなのだ。

勝己は、小学校三年の春に柔道の道場に入門した。父親が中学・高校と部活で柔道をしていたことから、否応《いやおう》なく習わされたに過ぎなかった。それでも最初は楽しかった。「強くなる」という目標があり、柔道をしていたら友達からいじめに遭《あ》わないような気がしたからだ。実際、「あいつ、柔道やってるんやて」と、他のクラスの子たちの間でも噂《うわさ》になっていたらしい。

でも、だんだんと通うのが嫌になった。道場の「子どもクラス」では、小学一年生から六年生までが一緒に習う。ただでさえ小柄なことに加えて、三月が誕生日の早生まれというハンデは大きく、試合では圧倒的に不利だった。道場では三か月ごとに練習試合が開催されるが、なかなか勝つことができない。そのたびごとに、父親に言われた。

「お前は気合いが足らへんのや。勝とうという気持ちでいけ！」

辛かった。

望んで負けるわけではない。

毎晩、風呂に入る前に、父親から畳の部屋で柔道の技の特訓を受けた。その後、スクワットと腕立て伏せが待ち受けている。父親がそばについて「一、二、三……」と数えているのでごまかすこともできない。

夜が来るのが憂鬱《ゆううつ》だった。

「次は勝てよ！」と言われ続けるうちに、柔道が嫌いになってしまった。しかし、柔道が好きな父親にそんなことは言えない。そのうち、「お腹《なか》が痛い」と言い、サボることを覚えた。

それでも柔道を続けた。五年生になった春のこと、父親にすがるように頼んだ。

「僕、ほんまは柔道よりもサッカーが好きやねん」

と。父親は、驚いた顔をして勝己を見つめた。

少し悲しそうに見えた。父親の気持ちはよくわかっていた。自分が若い頃、柔道で活躍したから、息子にも同じ道を歩ませたいのだ。でも、とうていその期待には応えられない。怒られると思ったら、意外にも、

「そうか、無理に柔道をさせてたんやな。かんにんや勝己」

と、やさしく言われた。父親は、すぐに地元のスポーツ少年団のサッカークラブに入る手続きを取ってくれた。

勝己はホッとした。目論見《もくろみ》は大成功だった。これで「勝て勝て！」と言われることはなくなったと安心した。サッカーなど好きではない。もし「負けてばかりだから柔道が嫌いだ」と言えば、父親の答えは決まっている。「もっと強くなれ、練習しろ」と叱られるに違いない。その上、特訓の時間を増やされるだろう。でも、サッカーは団体競技だから、勝ち負けはよほどのことがない限り自分一人の責任にはならない。柔道から逃げ出したいという一心で、嘘をついたのだ。

これでもう父親に、「勝て」と言われなくなると思うとホッとした。

父親の大宮文悟《おおみやぶんご》は、画材文具店「寺町大正堂《てらまちたいしょうどう》」の三代目社長だ。洋画・日本画の絵の具や筆、額縁を扱う老舗《しにせ》で、本店の他に一般文具や幅広いファンシーグッズを揃える支店を四つ、京都府内に展開していた。本店は、戦前から百年以上のも間、芸術家に愛されてきた。広島《ひろしま》や奈良《なら》の有名な工房の筆や、越前《えちぜん》、美濃《みの》などの和紙《わし》を取り揃えている。

そのため、父親は、書道や画の大家と親交が深く評論も手がけている。美術大学の理事を務めたり、京都の街づくり協議会の委員もしている。その関係で、ときおり雑誌や新聞のインタビューも受ける文化人だ。

　勝己は幼い頃から、そんな父親を尊敬していた。

「うちのお父さん、また新聞出たんや」

「知ってるで、この前、テレビにも出てはったな」

「うん、そいでな、柔道も強いんやで」

　と、クラスの友達に自慢《じまん》したものだ。それがいつしか父親の存在が、心に伸《の》しかかる重石《おもし》のように感じられるようになった。

「頑張れ」「気合いを持て」と言われるたびにつくづく思う。父親はスーパーマン、自分は「普通」の子なのだと。スポーツも勉強も、どんなに努力したところで、父親のようにはなれるはずがない。でも、「できない」「やれない」と口にすれば、「努力が足りない」と言われることは目に見えている。

　はっきりと言われたことはないが、父親は勝己に家業を継いでほしいと思っているのだろう。いい高校に入り、いい大学へ進む。そうしなければ、父のように有名な画材文具店の経営が務まるはずもない。今の学校の成績では、とうてい無理だ。

　父と一緒にいることすら息が苦しくてたまらない。

　期待されるのは、もう限界だった。

　それで、「サッカーが好きだ」と嘘をついた。驚いたことに、柔道を止《や》めることを認めてくれた。ようやく柔道から、いや父親から逃れられると思った。でも、それも束の間のことだった。父親は、仕事の合間を縫って、グラウンドに練習を見に来るようになったのだ。

もっとも、サッカーの経験がないので、あれこれ口出しはしない。その分、勝己のプレーがもどかしく感じられるらしく「がんばれ！」「もっと走れ」「行け！」などと大声を出す。もう恥ずかしくてたまらない。

勝己は、不安に苛《さいな》まれるようになった。

もし、試合で活躍できなかったら……。

もし試合でミスをしたら……。

きっと、父親に怒鳴られるに違いない。リビングには、有名なサッカー選手の日めくりカレンダーがかけられていて、それを毎朝めくって声に出して読まされる。

「本気でやれば、なんでもできる」

「言い訳しない、愚痴《ぐち》を言わない」

「もう一歩頑張ってみよう」

父親もそれを、一緒に唱和《しょうわ》する。だから、一日たりともサボれない。

自分でも、頑張りが足りないことはわかっている。心が弱いのだ。カレンダーに書いてあることは素晴らしいと思う。でも、自分にはできないのだ。父のように強くもなければ、賢くもない。

そう、自分は「普通」の人間なのだ。

勝己は、悩みに悩み、考えに考え抜いたあげく「この方法しかない」と決めた。

半年に一回行われるレギュラー選手の入替えテストで、わざと不合格になるのだ。懸命に練習してきたおかげで、ドリブルもシュートもかなり上達している。テストの前には、野村コーチから、「お前はレギュラー間違いなしだな」とお墨付きをもらっていた。航大にも、「お前、次は絶対メンバーに入れるって」と言われていた。

でも、それではだめなのだ。まずいのだ。もし試合に出られるようになったら、父親は必ず毎回、応援しに来るだろう。そこでもしも、もしもミスでもして、それが原因で失点でもしたら……父親にどれだけ「活《かつ》」を入れられるかわからない。

そうならないために、勝己はフリーキックのテストで、わざと三本ともはずした。さらに、紅白戦では、絶好のシュートチャンスに、航大にパスを渡した。野村コーチにバレなくて本当に助かった。

見事、テストに落ちることができたのだ。

河原《かわら》に座り、スマホを取り出した。

父親にメールする。

「ごめんなさい。まただめでした」

勝己は、溜息を一つついた。橋の上から、

「ギギィ〜」

と、華やかに飾り付けられた牛車《ぎっしゃ》の車輪のきしむ音がした。


大宮文悟は、息子の勝己を溺愛《できあい》している。

経営者仲間からはよく、

「大宮さんは過保護なんとちゃいますか？」

とからかわれる。

「もう少しでレギュラーになれそうなんですよ。次の入替えテストでは間違いない思うてます」

などと、いつも息子の話ばかりするからだ。昨日も取引先の人から、

「うちの息子は野球やってますけど、いっぺんも試合の応援になんて行ったことありまへんで」

と言われたが、とても信じられない。勝己は文悟の期待の星であり、文武両道の人間に育ってほしいと望んでいる。それだけに、なかなか思うように成長しないこ

とが、もどかしくてたまらない。

しかし、文悟自身はというと、とても自慢できるような人生を歩んでこなかった。

中学から始めた柔道は、県大会で入賞することができた。それが評価され、スポーツ推薦で高校に入学した。ところが、高校ではさっぱり成績が上がらない。それもそのはず、県内はもちろん関西の各地から優秀な選手が集まって来るのだから当然だった。二年生になっても、一度も対外試合に出場することはかなわなかった。

授業が終わると、すぐに武道場へと走る。

しかし、それがおっくうで仕方がない。試合に出られないのに、きつい練習をすることが耐えられないのだ。それなら、試合に出られるように、もっと努力すればいいだけのことだ。頭ではわかっている。わかってはいても、強い仲間の部員たちを目《ま》の当たりにすると、「諦め」の気持ちの方が勝ってしまう。

練習をサボりたい。

でも、ズルはできない。

やがて、六時間目の授業が終わる頃になると、決まってお腹がシクシク痛くなった。おそらく精神的なものだろう。もっとも、お腹が少し痛むくらいで練習を休むことなど認めてもらえない雰囲気があった。

二年生の冬休みに、練習中にアキレス腱《けん》を断裂《だんれつ》した。「しめた」と思った。これを機に部活を堂々と休むことができる。治療には長い日数がかかった。それでも、徐々に回復し、ほぼ以前通りに歩けるまでになった。だが、ここで文悟は、顧問の先生に嘘をついた。リハビリが上手く進まないと言い、いつまでも松葉づえで通学したのだ。

ケガということで、退部に追い込まれることはなかったが、そのまま卒業まで柔道部の幽霊部員になった。練習に行かなくてもいい。その嬉しさと引き換えに、心の奥になんとも暗い気持ちを抱えるようになった。

その後、一浪して地元の二流大学に滑り込んだ。父親の画材文具店を継ぐもの、いや継がされるものだと思っていた。だから、仲間のように必死に就職試験に駆けずり回る必要もない。

アルバイトだけでは足りず、祖母から小遣いをもらって遊び呆《ほう》けた。友達から講義のノートを借りまくり、卒業できるぎりぎりの単位を確保することだけは忘れなかった。

ところが、そのツケは大学四年の夏に訪れた。父親が心筋梗塞《しんきんこうそく》で倒れ、そのまま亡くなってしまったのだ。四十九日の席は、今後「寺町大正堂」をどうするかという会議になった。親戚一同が、応援し見守っていくということで、まだ若い文悟が社長に就任することが決まった。

遊んでばかりいて、ほとんど店の手伝いをしたことがない。

専務取締役として店の裏方を務めていた母親に教えられ、一つずつ仕事を学んだ。文悟は思った。学生時代からもっと勉強しておけば良かった。家業を手伝っていたら良かったと後悔した。

すぐに、厳しい現実を目《ま》の当たりにすることになる。

文具業界は右肩下がりで売上は減る一方。少子化にペーパーレス。百円ショップ、コンビニがライバルでは勝算はない。それこそ、社長になってこの二十年間というもの、銀行へ頭を下げて回るのが一番の仕事になってしまった。

今も、いつ店を閉めなくてはならないか、常に決断を迫られている。しかし、祖父の代から続く看板を、自分の代で下ろすわけにはいかない。老舗のプライドが日々の頑張りに繋《つな》がっていた。

そんな中、唯一の希望が息子の勝己だ。自分のように、嘘をついたり逃げたり、そのあげく勉強もせずに遊んでばかりのような人生を送らせたくない。世の中は競争だ。誰かが勝てば、誰かが負ける。ビジネスだって同じこと。規模を拡大させている店も存在する中で、「負け組」になってしまった自分のようにはさせられない。

「勝つ」ことを学ばせるために、幼い頃から柔道を習わせた。

サッカーがしたいというので、チームに入れるように段取りをしてやった。

忙しい仕事をなんとか調整して、できるかぎり練習を見に行くようにしている。今日は、レギュラーになるためのテストだと聞いていた。これが柔道なら、代わってテストを受けたいくらいだ。

腎臓《じんぞう》を患《わずら》い入退院を繰り返している妻の芳江《よしえ》には、「あの子を追い込んでるんやないの？　もっと信用して任せておいた方がいいんやない？」と、再三言われている。しかし、ついついうるさく口を出してしまう。

「社長、大学からお電話です」

そう言われて我に返った。仕事の最中、うつらうつらとしてしまっていたらしい。慌てて、受話器を取る。安藤《あんどう》事務長からだった。

「大宮先生、来週の理事会のことですが」

文悟は「はい」と答えて苦笑いした。「自分が先生だって？」。とても、そんな偉い人物ではない。人は「名士」とか「文化人」と呼ぶ。とんでもない。コンプレックスの固まりで、人生の負け犬なのだ。

でも今、ここで舞台から降りるわけにはいかない。自分には、妻と息子を守らなくてはならない責務がある。何よりも、店を愛してくれるお客様の期待を裏切るわけにはいかない。辛い、苦しい。でもここが踏ん張り時なのだ。

もも吉は総合病院に入院中の、大宮芳江を見舞った。芳江は、もも吉のお茶会仲間の娘で、彼女が中学生の頃からよく知っている。その昔、夫の文悟を引き合わせたのも、もも吉だった。

「なんや、顔色ええやないの」

「はい、おかげさまで」

芳江は笑って答えた。気遣いで言ったのではなく、本当に顔色は悪くなかった。

「お元気そうで、ホッとしましたえ」

「早《はよ》う退院でけるよう、先生にお願いしてるんです」

「何言うてますのや。ゆっくり養生しなはれ」

「そやけど……」

「なんや心配事がおありなんどすな」

芳江は、よほど心に溜まっていたらしく、堰《せき》を切ったようにしゃべり始めた。

「うちの人、息子の勝己に厳しいんです。それも愛情からやとはわかってますけど、勝己には勝己のペースもあります。このままやと心が壊れてしまうんやないかと心配で心配で……」

「そうどしたか、文悟さんも一生懸命が過ぎるところがありますさかいなぁ」

「普段は、夫が勝己にプレッシャーをかけ過ぎんよう、うちがブレーキの役目をしてます。そやけど、留守中はそれもできひんさかい勝己が辛い思いしてるんやないかと思うと、気が気でなくて。そうや、ひょっとしたら、もも吉お母さんの言うことなら、夫も耳を傾けてくれるかもしれません」

「退院しはったら、いつでも文悟さんと一緒にもも吉庵へ遊びにおいでやす。うちからも文悟さんに話してみまひょ。そやけど、まずは治療や。あんまり根《こん》つめて考えんようにしなはれや」

もも吉はそうは言ったものの、母親としては気が気ではないことがよく分かった。

「おだいじになぁ」

「おおきに」

〝ちょっと会えへんか？〟

〝なんなん？〟

〝ちょっと〟

勝己は、つい三時間ほど前に別れたばかりの航大にＬＩＮＥで呼び出され、もう一度出かけた。大人なら、どこかのカフェで待ち合わせるのだろうが、そんなことに小遣いを使ってはもったいない。

出町妙音堂《でまちみようおんどう》の境内《けいだい》に走って行くと、航大は先に来て社務所《しやむしよ》の脇《わき》の縁台《えんだい》に座っていた。「出町妙音堂」の正式名称は「青龍妙音弁財天《せいりゆうみようおんべんざいてん》」。地域の人々から「出町の弁天さん」として親しまれている。

「ほい、あんパン」

航大が、志津屋《しづや》のあんパンを放り投げてきた。志津屋は昭和二十三年創業のパン屋で、市内にいくつか店がある。

「サンキュ」

憂鬱《ゆううつ》なことを抱え込んでいても、お腹は空《す》く。一口かぶりついて、尋ねる。

「どないしたん」

「気になって仕方ないんや。お前、ひょっとして俺にレギュラーの座を譲ろうとして、わざとパス回したんやないやろうな」

今日の紅白戦でのプレーのことを言っているのだ。

「そんなわけないやろ」

「そやけど、あそこでゴール決めてたら、お前もレギュラーになれたはずや」

勝己は、あんパンを口に含んだまま考えた。親友に嘘をつくのはよくないと。

「俺のおやじとおふくろには内緒やで」

「どないしたんや」

勝己は、わざとテストで失敗したことを話した。そして、父親の存在が大き過ぎて、胸が押し潰《つぶ》されそうで苦しいことも。航大は、最初は驚いた表情をしていたが、いかにも気の毒そうに言った。

「有名人の息子もたいへんやなぁ」

「まあな」

「ケンカとかはしいひんのか?」

父親の存在が大き過ぎて、うっとうしいとは思う。でも、尊敬しているので、言い争ったりはしない。その代わり、今回のようにごまかしてでも父親から逃げようとしてしまうのだ。

「うちなんか、普通のサラリーマンやからなぁ」

普通……。その言葉が、羨《うらや》ましく思えた。それを見透《みす》かされたのか、航大が呆《あき》れたように言う。

「贅沢《ぜいたく》な悩みや思うで。オレんちなんか、たぶんレギュラーになったて報告しても、『そうか』て言われる程度や」

勝己は、そんな家もあるのかと不思議に思った。それはそれで、なんだか淋しくもある。

「ほな」

「またな」

そう言い合い、境内を出ると反対方向へと駆けた。

その日の夕飯時のことだ。

「惜しかったな」

「うん」

「また次がある。頑張ればええ」

父親の励ましに、素直に返事ができない。やましい気持ちがあるからに他ならない。テレビから、ドラマが流れていた。母親が入院してからというもの、男二人の食事はわびしくて仕方がない。そのため、テレビを点《つ》けっぱなしにしている。

何気《なにげ》なしに、父親と二人で画面を見つめていた。すると、コンビニで働く主人公の若い女性店員が、いかにも人相の悪い男性客にクレームを付けられて困っているシーンが映し出された。店員がレジで、おにぎりが消費期限切れであることに気付き、詫《わ》びて別のおにぎりを取りに陳列棚に行った。ところが、梅のおにぎりは売り切れ。その間に、別の客が最後の一つを手にしてレジかごに入れてしまったのだ。

男性客は、「店長を呼べ！」と怒鳴った。

騒ぎを聞きつけ、奥から飛んで来た店長が何度も詫びるが、客の怒りは収まらない。客は言う。「もっと誠意ある態度を見せろ！」と。どうやら暗に、金品の要求をしているらしい。店長は、腰を深く二つに折って、「本当に申し訳ございません」と謝った。それでも客は、許さない。あげく、「土下座しろ」と言い出した。

店長は、一瞬戸惑《とまど》った顔つきをしたものの、その場に膝《ひざ》をついて謝った。客は、「あはは」と不気味《ぶきみ》な笑みを浮かべて、その様子をスマホで撮影している。

父親が、不意に声を漏らした。

「そこまでする必要はない」

「じゃあどないしたらええん？」

「たしかに、消費期限切れの商品を棚に置いたままにしておいたんは、店側の管理ミスや。もし、ちゃんとしてたら、この客は梅おにぎりを買うことができたはずや。たしかに店側にも落ち度がある。そやけど、仕事をする人間にも矜持《きょうじ》いうもんがある。そう簡単に土下座なんてするもんやない」

勝己は尋ねた。

「でも、相手は質《たち》の悪い人みたいや」

「相手がどないな人でも、こちらが間違《まちご》うてると思ったなら、とにかく誠心誠意気持ちを込めて謝ることや。なんべんでも、なんべんでも」

「それでも……」

「他のお客様に迷惑になるくらい大声で怒鳴《どな》ったり、手を上げられたら警察を呼べばええ。とにかく、土下座は行き過ぎや。そんなんせなあかんようなことは、一生のうちに一度あるかないかや」

きっと父親も、客商売をしていてよほどの無理難題を突き付けられたことがあるのだろう。それこそ、テレビドラマのように「土下座して謝れ」と言われたことがあるのかもしれない。勝己は、父親も仕事で苦労してきたんだなあ、と思い改めて尊敬した。


文悟は、病院へ妻の芳江を見舞った。

さっき検査結果が出て、来週には退院できそうだという。思わず、

「よかったなあ～」

と言い、芳江の手を取った。

「どう、ちゃんと勝己に、晩ご飯作ってあげられてる?」

「あ、ああ。なかなか店が忙しゅうて、二日にいっぺんやな。そやけど、夕べは具《ぐ》

沢山《だくさん》のチャーハン作ってやったで。『僕が作ろか』て言うてくれたけど、そないな暇《ひま》があったら、勉強しろて言うてやった。この前のテストも良《よ》うなかったしなぁ」

「うちがこないなことで、ご飯作ってあげられへんのは申し訳ない思うてます。そやけど、あんまり勉強勉強言わんといてあげてなぁ」

「何言《ゆ》うてるんや。若いうちに努力すれば、ちゃんと結果が出るんやいうこと学ばせんとあかん。それが親の役目や。またサッカーのレギュラーになられへんかったて言《ゆ》うてるし」

　芳江は瞳を曇らせて言う。

「あんまり勝己を追い込まんといてな」

「追い込む？　俺はそんな無理は言《ゆ》うてへんで」

「わかってへんなぁ。無理か無理やないかは、勝己が決めることや」

　これ以上、病人と言い合いはしたくない。文悟は、言い返したい気持ちをグッと堪《こら》えて病室を出た。

　文悟が店に帰ると、銀行の担当者から電話があったというメモが机に置いてあった。

「社長へ

京洛信用金庫の正木《まさき》様から電話がありました。
急ぎ、連絡くださいとのことです
吉田」

慌てて電話をすると、今から訪問したいという。用件はわかっている。借入金のことだ。店と住居が奥で繋がっているので、勝己が店を通り抜けることもある。話を聞かれたくない。

「こちらから伺います。すぐ」

と答え、セカンドバッグを手に店を飛び出した。

小一時間ほどで戻ると、今度は取引先から電話が入った。奈良の龍筆《りゅうひつ》工房からだ。水墨画を嗜《たしな》む禅宗僧侶《ぜんしゅうそうりょ》の筆を、特別に拵えてもらっている。

「はい、かしこまりました。来月は必ず、必ず……」

そう言い、電話機に向かってお辞儀をした。電話を切ってから、社長室の扉のすりガラスから外を見た。勝己に、こんな会話を聞かせるわけにはいかない。

「ハア〜」

疲れ切って溜息が出た。熱いお茶を飲みたいところだが、淹《い》れる元気もない。代わりに、ペットボトルのほうじ茶のキャップを開け、グイッと一口飲み干した。

「弱音を吐いてる暇はない」

文悟は自らを叱咤《しった》し、立ち上がった。

担任の先生に詰問《きつもん》された勝己は、素直に認めた。

「はい、カンニングしました」

筆箱に入れておいた歴史年代表のメモが見つかったのだ。

前回の期末試験はひどかった。父親に、「一か月、テレビもゲームも禁止だ」と言われてしまった。勉強しなくてはと机には向かうのだが、すぐに眠くなってしまう。

母親は入院中なので、父親が学校へ飛んで来た。

真っ青な顔で校長先生と担任の青山《あおやま》先生に「申し訳ありません。私の監督不行き届きです」と頭を下げてくれた。厳罰《げんばつ》と思いきや、「初めてのことなので」と、比較的ゆるやかな指導で赦《ゆる》された。あくまでも特別な処置だという。

帰り道、父親は何も言わない。それが却《かえ》って恐ろしかった。

「お父さん、さっき先生に呼び止められてたやろう」

「……」

帰ろうとすると、父親だけがもう一度、応接室に呼ばれたのだ。その間、勝己は不安に苛《さいな》まれながら誰もいない校庭を見つめて待っていた。何か良くない話に違いない。

「青山先生がおっしゃるんだ。普通、カンニングする生徒は、もう少し上手くやるってな。それが、今回、わざと見つかろうとしたように思えるんやて。本当なんか、勝己」

何も返事ができなかった。父親と並んで、ただ黙々と歩く。

交差点の信号待ちで、先を行く父親が振り向いた。

「勝己、お前は今のままでええんか？」

「ごめん……」

「お父さんは、そんな言葉がほしいんやない」

言い訳のしようがない。でも、父親のように、強い人間にはなれないのだ。

「どうなってるんや。お前なら、ちゃんと勉強すれば、いい点が取れるはずや。なんでもっと勉強せんのや。サッカーだって、練習に身が入らへんからレギュラーにもなられへんのや。もっと自分に強うなれ！　逃げるんやない」

勝己の心の中で、張り詰めていた細い糸が切れる音がした。

「お父さんには僕の気持ちはわからへんのや！」

あまりにも大きな声に、通りがかりの人たちが一斉《いっせい》に振り向いた。交差点の信号が青に変わった。でも、身体がブルブルと震えて動けない。父親を、一瞬睨《にら》んだもののすぐに目をそらした。父親が、目を見開いて驚いているのがわかる。

「ど、どないしたんや、勝己」

「違うんや！」

「何が違うんや」

「僕はお父さんとは違うんや!!　お父さんみたいに強くもないし、優秀でもない。僕はお父さんとは別の世界の人間なんや」

「別の世界って何や？」

勝己は、一気にまくし立てた。

「だいたい、なんで『勝己』なんて名前を付けたんや。『己《おのれ》に勝つ』なんて、僕には重くてしんどすぎる。僕は、こんな名前背負ってこれからも生きていく自信あらへん」

父親に口答えしたのは、生まれて初めてだった。

信号が点滅している。

勝己は、そのまま逃げ去るようにして駆けた。

「お前、そないに早《はよ》う歩いて大丈夫か？」

「なんも心配いらん」

文悟は、前を行く芳江のあとを追いかけるようにして付いていった。まだ退院したばかりというのに、芳江の足取りは軽かった。心配事が山ほどある中で、何よりも嬉しいことだった。

大石内蔵助《おおいしくらのすけ》が遊興三昧《ゆうきょうざんまい》の日々を過ごしたと言われている、お茶屋「一力亭《いちりきてい》」の角を曲がると花見小路《はなみこうじ》だ。写真を撮る観光客であふれていて、真っすぐに歩くこともままならない。左へ右へと折れる。すると、すれ違うのも困難なほどの細い小路に出た。

一軒の京町家《きょうまちや》の格子戸を開けると、点々と続く飛び石が、奥へ奥へと続いている。

「もも吉庵」だ。女将のもも吉は祇園生まれの祇園育ち。十五で舞妓、二十歳で芸妓に、その後、急逝《きゅうせい》した母親の跡を継いでお茶屋の女将になったという。それが故《ゆえ》あって今は、甘味処《かんみどころ》に衣替えしている。上がり框《がまち》を上がって襖《ふすま》を開けると、店内にはL字のカウンターに丸椅子が六つ並んでいた。

もも吉は、薄いグレーの雲海模様の着物に、白地に丸藤の柄の帯。そして薄緑の帯締めをしている。

「大宮はん、ようおこしやす」

「もも吉お母さん、先日はお見舞いに来てくださり、ありがとうございます」

「病気だけはうちもなんもでけしまへん。代わりに八坂《やさか》さんに早《はよ》う治るようお参りさせてもらいました」

「おおきに」

もも吉は、ちょっと眉をひそめて言う。

「ところで、昨日電話もろうたときにはびっくりしましたえ。ずいぶん勝己君のことで、ご苦労されてるそうやなぁ」

「お恥ずかしい次第です」

文悟は、父親がもも吉と親しかったことから、子ども時分から何度も世話になったことがある。柔道でアキレス腱を断裂し、なし崩しに部活に出なくなったときには、散々お説教を食らった。また、父親の跡を継いで社長になったとき、商いの秘《ひ》訣《けっ》を教えてもらったこともある。

それだけではない。芳江と引き合わせてくれたのも、もも吉だった。そのため結婚後も何か悩みがあると、夫婦して相談に訪れるのだ。文悟が、

「もうどないしたらええんか、わからんようになってしもうて……」

と言うと、もも吉が、

「まあまあ、そないに急《せ》かんと」

と言葉を遮《さえぎ》り、奥の間に下がった。そしてしばらくしてお盆を持って現れた。

「久し振りなんと違いますか。うちの自慢の麩もちぜんざいや」

促されて文悟はふたを取った。湯気《ゆげ》が立ち、ふわっと小豆《あずき》の香りが鼻孔《びこう》に抜ける。一口含んで思わず声に出た。

「美味しい……いつ食べても絶品や」

ほんの僅《わず》かではあるが、固くなった心が解《ほど》ける気がした。それを見計らってか、

「文悟さん、それでどないしはるつもりどす？」

と、もも吉に尋ねられた。

「あの子には、もっと強く育ってほしいんです。なのにいつまでたってもサッカーはレギュラーになられへんし、勉強は言うたら……今回の不始末で」

芳江が弱々しく口を開く。

「うちの人にはいつも言うてるんです。勝己はやさしいええ子やて」

「ほんまや、勝己君は素直でええ子や思いますえ。ついこの前も買い物の帰りに、南座の前でばったり会《お》うたときにも、『もも吉お母さん、荷物うちまで持ちましょうか？』て言うてくれましたえ」

「そんなことが……」

文悟は息子を褒められて、つい頬《ほお》が緩んだ。芳江が、相槌《あいづち》を打つ。

「そうなんです。やさしいんです。うちの人には、いつも言うてるんです。『頑張れ』とか『強うなれ』とか言わんと、じっと見守ってやってほしいて」

「そやかてお前、そないなことしてたら、生きていかれへんで。世の中、そんな甘いもんやない。強うならんと……」

その時だった。もも吉が一つ溜息をついたかと思うと、裾《すそ》の乱れを整えて座り直した。背筋がスーッと伸びた。帯から扇を抜いたかと思うと、小膝をポンッと打った。ほんの小さな動作だったが、まるで歌舞伎役者が見得《みえ》を切るように見えた。もも吉が言う。

「あんさん、間違《まちご》うてます」

「え？」

文悟は息を呑《の》んだ。もも吉が話を続ける。

「ええどすか？　あんさんが勝己君に『強うなれ』て教えるのはええ」

「はい……」

「そのあんさんが、そないに強いお人どすか？」

「うっ」

そう正面から言われると言葉もない。胸を張って自慢できるような人生を歩んで来たわけではない。いや、振り返ると恥ずかしいことばかりだ。

「そやのに、自分のようになれて育てて来たんと違いますか」

「そやけど、もも吉お母さん。そうせんと親の面目が立ちまへん。それに、ダメ親やてわかったら、ますます言うこと聞かんのと違いますやろか」

もも吉は、さらに眼を細めて、口調が厳しくなった。

「ええどすか、文悟はん。ほんまに強いお人いうんはなぁ、見栄なんか張らんと自分の弱いところもさらけ出して事を成すもんや。しくじりとか恥ずかしいことを隠して、自分を大きゅう見せたところで、誰も付いて来まへんえ。第一、あんさん自身が虚《むな》しゅうなるんやないどすか?」

「あんた、うちもももも吉お母さんのおっしゃる通りや思う。もっと自分に素直になって、勝己に向き合《お》うてみたらどないやろ」

そんなことはわかっている。わかってはいるが、たとえ息子に対してでもプライドというものがある。弱音など見せられやしない。

「今さらそないなこと言われても……」

もも吉が、声高に言う。

「今さらやない。今からや。これは勝己君の問題やのうて、あんた自身の問題や。あんた自身がどないに変われるか、いう話や思いますえ」

俺の問題。そうなのだ。俺自身がどう変われるのか。逃げてばかりいては、事は解決しない。

文悟は、無言で小さく頷き呟いた。

「覚悟が必要かもしれません」

勝己はこのところ、父親と顔を合わせないように努めていた。でも、同じ家に住んでいれば、そういうわけにはいかない。母親が退院して、以前のように食事を作ってくれるようになった。久し振りに、家族三人揃っての食事だ。自分だけ「あとで食べるよ」などとは言えない。

カンニング事件から、父親とはまともにしゃべっていない。父親も、「おはよう」とか「おかえり」くらいしか言わない。生意気な口を利いてしまったことは反省している。食卓を囲む際の、沈黙が辛くてたまらなかった。

学校からグラウンドへ直行する。

練習を終えると、いったん家に帰ってシャワーを浴びて着替える。塾に出かけようとすると、母親に呼び止められた。

「勝己、ちょっと事務所に来なさい」

「何？」

「ええから」

「そやけど、塾に遅れるよ」

「塾より大切なことや」

え？　……塾よりも大切なことっていったい何だろう。母親は、父親ほどはうるさくはないが、入院していたときには毎日のようにメールが届いた。

〝ちゃんとご飯食べてるか？　かんにんな作ってやれへんで〟

〝サッカーと塾は行けてるか？　授業料もったいないから、サボらんように。ただ、体調が悪い日は、無理したらあかんよ〟

病人の言うことなので、とにかく心配をかけず、素直に聞くようにしていた。

「付いといで」

母はそう言うと、勝己の返事も聞かずに靴を履いた。

「寺町大正堂」本店は、自宅の真裏にあり裏口同士で繋がっている。三和土《たたき》になった細い路地を抜けると、坪庭に出る。その奥の蔵の脇の通路をさらに進んだ突き当たりが、本店事務所の裏口だ。さらに進むと、表通りに面した店舗になる。

事務所の一角にある社長室の近くまで来ると、母は、

「しー」

と、言い人差し指を口に立てた。そろりそろり忍び足で壁伝《かべづた》いに社長室へと歩く。従業員は出払っていて、誰もいない。

社長室のすりガラスの向こうには、来客の姿がぼんやりと見えた。

応接ソファーに、二人の男性が座っている。

母が、壁際に設置された名刺《めいし》サイズほどの隠し窓をそっと開けて、中をのぞき込む。それは来客があった際、お茶を入れ替えるタイミングを計るために、先代の社長である祖父が拵えたものだと聞いている。

「勝っちゃんものぞいてごらん」

「ええの？」

息をひそめ、小声で答える。

「静かにな、足音も立てんと」

「うん」

母親と、立ち位置を入れ替わる。

「お客様は信用金庫の人や」

中をのぞく。なんだか疚《やま》しいことをしているような気持ちになる。

「……！」

思いもしなかった光景が目に飛び込んできた。勝己に背を向けて父親が、信用金庫の人に頭を下げていた。

「どうかお願いします」

机に手をついている。普段よりも大きいので、はっきりと声が聞きとれた。

「ここで融資を打ち切られたら倒産です」

(え?　……倒産て)

勝己が母親の顔を見ると、眉をひそめて小さく頷いた。

「『寺町大正堂』さん、もうここらで楽にならはったらどうですか?　当金庫では社長のことを、ようここまでやらはったとほんまに感心してますんや。なにしろ、先代のお父様の頃からの、積もり積もった借金を抱えての経営や。実に立派やと思うてます」

「そんな、楽になるやなんて言い方……」

「かんにんや。そやけど人間、引き際《ぎわ》も大切や思いますんや」

まさか会社が倒産の危機にあるなんて思ってもみなかった。そんな中で父は、サッカーの応援や遠征の手伝いに来てくれていたのかと思うと、胸が苦しくなった。

父が、背を正し直して言った。

「私も覚悟しました。四つの支店は閉めます。担保《たんぽ》の土地建物も売却して返済に当てます。この本店のビルも、二階、三階をテナントとして貸し出して一階だけに縮小します。それでなんとか営業を続けさせてもらえませんやろか」

信用金庫の人たちは、顔を見合わせて戸惑っているようだ。

「店の暖簾《のれん》と家族を守らんとあかん。いや、私には、百年も前からお世話になっている画家や書家の方々にご迷惑をかけるわけにはいかんのです」

沈黙が続いた。

信用金庫の、上司らしい人が口を開いた。

「お気持ちはわかります。そやけど……」

次の瞬間、父がソファーから立ち上がった。

と思うと、両足を揃えて床に正座した。

「お願いします」

床に両手を突いたかと思うと、
ドンッ！

という音がした。父の頭が、床にぶつかった音だった。

「しゃ、社長、土下座やなんて止《や》めてください」

それでも父は頭を下げたまま、動かない。

勝己は、身体が震えた。

胸の鼓動《こどう》が速くなり、気付くと手のひらに汗がにじんでいる。

母の顔を見た。囁《ささや》くように言う。

「お父さんに頼まれたんや。あんたに見ててほしいてなあ」

「え!?　お父さんに？」

「ええか、勝己。これはお父さんの一世一代の晴れ姿や。どうや、みっともない思うか。情けない思うか」

勝己は、首を横に振った。

「ううん」

「お父さんは必死なんや、よう見とき」

父の背中が震えていた。

勝己は、初めて目の当たりにする、「弱い」父の姿に凍《こお》り付いた。

「あんた、こないなことするお父さんのこと、軽蔑《けいべつ》するか？　あんたには知られんようにしてたけどなぁ、信用金庫の人だけやなくて、仕入れ先の人らにもこの数年、詫び通しなんや」

再び、社長室をのぞく。

父親の背中は、さらに大きく震え出した。

両手をついたまま顔を上げると、信用金庫の人たちを見上げて言った。

「どうか、どうかこの通りです。お願いします」

ポツリ、ポツリ……。

頬を伝う涙が、床に落ちる。

父が泣いている。それは生まれて初めて見る、父の涙だった。

なんや、いつも人に「頑張れ」ってばかり言うてるくせに。一瞬、そんな思いが心をよぎった。しかし、それは瞬く間にどこかへと消え去り、心の奥底から何か温かいものが込み上げてきた。

父は、再び床にこすりつけるようにして頭を下げた。

勝己は、父の背中に向けて小声で言った。

「お父さん、僕、僕……頑張るよ。もう逃げたりはしいひん」

勝己は、ギュッと拳を握りしめた。

そのとたん、涙があふれて止まらなくなった。母親が、そっと背中に手を置いてくれた。

「お父さん、お母さん、ありがとう」

第二話　幼き日 ソーダアイスに教えられ

「久し振りやなぁ、遥風《はるか》ちゃん」

「美緒《みお》ちゃんこそ、何年ぶりやろ。たしか中学の先生になったて聞いたよ」

遥風は、仕事で取引先に出向いた帰り道、河原町《かわらまち》で美緒とばったり鉢《はち》合わせした。美緒は、高校三年のときのクラスメイトだ。当時三年A組は、受験勉強でたいへんな時期だというのに、学園祭では大盛り上がり。団結力が強くて思い出深いクラスだった。

昨日から、祇園祭《ぎおんまつり》の山鉾巡行《やまほこじゅんこう》に向けて、鉾建てが始まった。町中のあちらこちらから、「コンコンチキチン、コンチキチン」のお囃子《はやし》が聞こえてくる。

「うん、今まで講師やったんやけど、ようやく教員採用試験に受かって今年から正規の教諭や」

「おめでとう」

遥風は、仕事のことを尋ねてから「しまった」と思った。自分の仕事のことを訊《き》かれたくなかったからだ。ところが、話は予想外の方へと向いた。

「ねえねえ、この前なんで来《き》ぃひんかったん？」

「なんのこと？」

遥風は、美緒に訊き返した。

「なんのって、クラスのみんなでやった飲み会やないの。旅行でも行ってたん？」

「え？　飲み会なんて聞いてない……」

「そんなはず……」

美緒は、「悪いこと言ってしまった」というようなバツの悪い顔をした。遥風は、「いつ集まったの？」と尋ねたかったが、自分がみじめになるような気がして、出かかった言葉を呑み込んだ。

「あれ？　ごめん……おかしいなぁ、たしか幹事はサヨリンやった思うんやけど。きっと、そうや、誰かが遥風に連絡してると思い込んでたんや。そうそう、きっとそうや」

「う、うん、そうかもね。残念やったけど気にせんといてね」

「うん、じゃあね」

美緒は気まずそうな顔をしたまま、軽く手を振って雑踏《ざっとう》に消えた。通りの真ん中で、頭が真っ白になり立ち尽くした。後ろからやって来た、オバチャン三人組の一人のバッグが肩にぶつかり、

「あんた、ボーとして立っとったらあかんで」

と、険《けん》のある声で言われた。

「す、すみません」

遥風が頭を下げて謝ったときには、もうオバチャンたちは何事もなかったかのようにおしゃべりをして通り過ぎていた。額から流れ落ちる汗もそのままに、遥風は再び歩き始めた。

皆川《みながわ》遥風は、幼い頃から勉強が大好きだった。頑張れば頑張るほど点数という結果が出ることが、嬉《うれ》しくてたまらなかったからだ。好きな言葉は「努力」。エジソンや野口英世《のぐちひでよ》などの伝記を読んで、偉人たちに憧《あこが》れた。いつも成績はクラスのトップで、みんなから、

「ええなあ〜遥風ちゃんは、テストの点が良うて」

「私、またお母さんに叱られる。うらやましい」

などと言われた。テストの前になると、必ず「どこが出る?」とみんなに尋ねられた。頼られるのが嬉しくてヤマを教えた。それが見事に当たると、「さすが〜!天才や」と感謝された。

小学校の六年生のとき、いじめが始まった。

きっかけは、大の仲良しの夏奈《なつな》がいじめられているのを、かばったことからだった。夏奈は、何をするにも遅かった。体育の授業で体操服に着替えるのにノロノロしているので体育館に行くのが遅れてしまう。体育館シューズに履《は》き替えるのさえ

も、人の何倍も時間がかかる。夏奈とは、母親同士が親しかった。そのため、遥風はいつも母親から言われていた。

「夏奈ちゃん、ちょっとのんびりしてはるでしょ。それで夏奈ちゃんのお母さん、みんなに付いていけるか心配してはるの。遥風、やさしくしてあげてね」

と。そのこともあり、遥風はいつも夏奈がいじめられると、かばうようにしていた。幸《さいわ》い勉強ができるので、クラスの誰もが遥風に一目置いている。

ある日、夏奈が給食の時間に給食袋からナプキンを取り出し、机の上に広げると泣き出してしまった。すぐ近くの席だった遥風が、「どうしたん？」と言い様子を窺《うかが》った。すると、ナプキンにマジックで「のろま」と大きく書かれてあった。誰かが言うのが聞こえた。

「迷惑やねん、のろまやから」

夏奈は給食を食べるのも遅い。そのため、給食当番の子から「早よ食べろや！昼休みに遊べへんやないか」といつも急かされていた。遥風はカッとして、

「誰や、こんなことしたん！」

と大声で怒鳴《どな》った。担任の先生が驚いて尋ねた。

「どうしたの？　皆川さん」

遥風は事情を話して言った。

「先生、犯人を捜してください」

「そんな、犯人やなんて言い方したらあかんよ」

「そやかて……」

誰も何も言わない。

シーンとした教室で、夏奈の泣き声だけが響いた。

翌日の給食の時間、遥風がナプキンを取り出すと「ええかっこしい」と書かれていた。それまで何度か耳にしたことがあった。いじめられている子をかばうと、今度はかばった子がいじめに遭《あ》う、と。遥風は、自分は成績がいいので、そんなことにはならないと思っていた。それが思い込みだったと気付いたときには遅かった。

聞こえよがしに言う悪口が聞こえてきた。

「遥風って、ちょっと頭がええからって生意気《なまいき》」

「テストのとき、教えてあげるって上から目線やねん」

まさか、そんなふうに思われているとは、露《つゆ》ほども思わなかった。

悪いことは続く。

夏奈が、転校してしまったのだ。

きっと、いじめから逃れるための措置《そち》に違いない。友達をかばったせいで、自分がいじめられることになってしまった。その友達がいなくなり、結局、自分だけがいじめられている。必死に登った屋根《やね》の上で、梯子《はしご》を外《はず》されてしまい降りられずに怯《おび》えているような気持ちだ。

子どもながらに、大人がしばしば口にする「虚しさ」とは、こういうことを言うのかと思うようになった。

いじめは中学生になっても続いた。中心になっていじめるのは、二、三人の男子だったが、他の子たちは遠巻きに見ているだけで、誰一人かばってくれなかった。遥風にも、その気持ちはよくわかった。下手《へた》に正義感からかばいでもしたら、今度は自分がいじめの標的になるからだ。

親にも先生にも言わず耐えに耐えた。辛《つら》くてどうしようもなく、何度も学校へ行くのを止《や》めようと思った。ある日、朝起きると、頭が痛くて起きられない。むかむかする。母親に付き添われて病院へ行った。いろいろな検査をするがどこも異常はないと言われた。

お医者さんに「何か心配事があるんと違う？」と尋ねられ、初めていじめに遭っていることを話した。母親は「転校する方法もあるのよ」と言ってくれた。父親は「俺が先生に会って来る」と猛烈に怒った。とにかく、自分のことを心配してくれる人がそばにいると思ったら、少しだけ元気が出た。

夏奈のために、かばってあげた。

なのに結果、辛い目をすることになったのは自分だった。

ものすごく、損をした気分になった。

そんなことはもう御免《ごめん》だ。いつしか遥風は、「自分が損をするようなことはしない」と、心がけるようになった。人生は損か得か。それが基準だ。そう考えると、勉強ははっきりしている。すればするほど成績が上がる。遥風は、ますます勉強に打ち込んだ。

しかし、そんな生活も、高校入学とともに一変した。県内でも有数の進学校で、クラスの仲間は誰もが勉強することが当たり前の生活を送ってきた人たちだった。いじめにも遭わず、久し振りにできた友達とおしゃべりを楽しむことができ、学校へ行くのが楽しくなった。

京都大学に合格したときには、両親は涙を流して喜んでくれた。大学ではラクロス部に入り、仲間ができた。これが、人並みの青春というものなんだと思った。

遥風は、向こうからやって来る修学旅行生のはしゃぐ声に、我に返った。

ふと、不安に襲われた。

(私って、本当の友達はいるんやろか)

高校三年のクラスの、あの一体感を思い出した。みんな仲良しで全員が友達だと思っていた。でも思い返すと、「勉強勉強……」と必死に参考書とにらめっこするばかりの毎日だった。大盛り上がりの学園祭も、よくよく考えると少しだけ手伝ったに過ぎない。授業以外のことに時間を費やすなんて、損だと思っていたからだ。

こちらが友達だと思っていても、誰一人自分のことを友達とは思っていないのではないか。だからきっと……飲み会にも、声がかからなかったのだ。そこまで考えて、遥風はさらに怖くなってしまった。大学のラクロス部や国際金融のゼミでも、たくさんの友達ができた……と喜んでいた。みじめな思いで過ごした小中学生の頃の自分に、「うち、こないに友達がでけたんよ」と誇りたいと思っていたほどだ。

それが、それが……。

ひょっとしたら大学の友達も、同じようにこちらが勝手に「友達だ」と思い込んでいるだけではないか。よくよく思い起こしてみると、卒業後にこちらから連絡をすることはあっても、向こうから連絡があることは稀《まれ》だった。そんなことに、今さら気付くなんて……。

そう思うと、ますます心が灰色になり目眩《めまい》さえも覚えた。

遥風は、つい最近、付き合い始めたカレシがいる。

大学のゼミの同級生・雲畑賢友《くもはたけんゆう》だ。

二十六歳という若さで、幼稚園の園長をしている。大学四年のときに父親が急逝《きゅうせい》したため、既に就職が決まっていた大手証券会社を断り、園の経営を引き継いだという。

賢友とは、一緒にゼミの同窓会の幹事をしていた。その関係で、たまに打ち合わせで顔を合わせることがあった。賢友が自分に好意を抱いていてくれたと知り、驚いた。デートに誘われて、初めて二人だけでお茶をしたのは、ついこの前のこと。カフェで三度ばかり、おしゃべりしただけなので、まだカレシと呼ぶには早いかもしれない。

でも、遥風は、賢友と話をするのがとても楽しかった。もっぱら、遥風が聞き役だ。話題は、園の子どもたちのことばかり。トイレに一人で行けない男の子が、初めて行けてメチャクチャ嬉しかったとか。女の子が、「ツルツルしてきれいだから」と椿《つばき》の実を、ポケットにいっぱい持って来てプレゼントしてくれたとか。どの話も、心が温かくなる。仕事に打ち込んでいる人の姿は眩《まぶ》しく見える。遥風は、どんどん賢友に惹《ひ》かれていくのがわかった。

今日もデートの約束をしている。でも、美緒とばったり会い、飲み会に声もかけてもらえなかったことが心を沈ませていた。

今日は、賢友に心のモヤモヤを聞いてもらおう。でも、真の友達がいないかもしれないなんて言ったら、嫌われるかもしれない。そんなことを考えながら、仕事を定時で終え、待ち合わせのカフェへ向かった。

「どないしたん？」

賢友は、遥風の顔色から何かを察してくれたようだ。

「ううん、なんもないよ」

本当は、「聞いてほしいことがあるの」と答えたかった。でも、「うち、友達がいいひんかもしれへん」なんて言えやしない。賢友は、自分のことを「可愛い」と言ってくれた。もちろん嬉しい。でも、友達の作り方も知らない心の貧しい人間だとわかったら……え!?　ひょっとしたら、ゼミの中でも、一人だけ浮いていたのかもしれない。

「そう、そんならええけど。ところでお腹《なか》ペコペコなんや。夕飯行かへん？」

「うん、うちも空いた」

遥風は、結局、悩みを打ち明けられず作り笑いをして答えた。


「暑い暑い。ほんまかなわんで〜。美都子《みつこ》ちゃん、冷たいお水くれるか？」

そう言い、隠源和尚《いんげんおしょう》が手拭《てぬぐい》を手にしてもも吉庵に入って来た。

隠源は、建仁寺塔頭《けんにんじたっちゅう》の一つ満福院《まんぷくいん》の住職だ。その後ろに、息子で副住職の隠善《いんぜん》を伴っている。

「へえ、隠源さん」

美都子は、用意してあったポットから、コップに麦茶《むぎちゃ》を注いで渡した。もちろん、氷で充分に冷えている。隠善が言う。

「おやじ、何言うてるんや。僕が帰って来て『暑い』言うたら、『心頭滅却《しんとうめっきゃく》すれば火もまた涼し』て叱るくせに」

もも吉もすかさず、責めた。

「エアコンの部屋から一歩も出んと、息子に檀家《だんか》さん回り任せてアイス食うてる人が、偉そうなこと言えまへんわなぁ」

「……」

隠源和尚は、もも吉にかかると手も足も出ない。

「さあさあ、冷たいもんでも食べまひょか」

「な、なんやばあさん、冷たいもんて」

もも吉は、祇園《ぎおん》生まれの祇園育ち。十五で舞妓《まいこ》、二十歳で芸妓《げいこ》になった。その後、母親の急逝によりお茶屋の女将《おかみ》の跡を継いだ。美都子も、同じ道を歩むべく芸妓をしていたが、あまりにも芸に厳しい母親に反発して、タクシードライバーに転身した。人気No.1の芸妓が廃業したというので、花街《かがい》は大騒ぎになったものだ。もっとも、今は芸妓に復帰し、タクシーの仕事と兼業してお座敷もこなしている。

美都子は父親を知らない。そのことで、ひそかに幼い頃から、母親にわだかまりを抱いていた。子どもの頃、「なんでうちには、お父ちゃんがいてへんの」と何度も尋ねた。それにまともに答えてくれない。母親のことをよく知る人たちに尋ねたが、誰も知らないと言う。

そのうち、「知らぬが花」ということも、世の中にはあるのだと悟る。いや、そう思い込むようにしたのだ。無いものねだりをしても仕方がない。

「さぁ、どないどす」

奥の間から、もも吉がお盆《ぼん》を手に戻って来た。

「わあ～」

隠善が一番に声を上げた。美都子が説明する。

「お母さんの昔のご贔屓《ひいき》さんが京丹後《きょうたんご》にいはってなぁ。こないに大きなスイカもろうたんどす」

そう言い、両手で大きなスイカを抱えるフリをした。

「せっかくやからて、麩もちぜんざいのスイカかき氷を作らはったんよ」

きめの細かなかき氷を被《かぶ》せた冷やしぜんざい。その上に、一口で食べやすい賽《さい》の目に切ったスイカが、ゴロゴロと載っている。隠源、隠善、そして美都子の前にも切子細工《きりこざいく》のガラスの器が置かれた。

「あっ、わてはそっちがええ」

と、隠源は隠善の器に手を伸ばした。

「なんやおやじ」

そう言い、隠善が自分の器を両手で抱えるようにして持った。

「そっちの方が、スイカがぎょうさん載ってる」

美都子は苦笑いした。まるで子どもだ。

「あっ！　何するんや‼」

もも吉が、隠源の器に手を伸ばしたかと思うと、ヒョイッと取り上げた。

「情けない、あんたこそ、修行が足らへんのや」

「あ、かんにんかんにん」

もも吉は、隠源の器から一つスイカを摘《つ》まむと、おジャコに差し出した。丸椅子の上からカウンターに前足を出して、興味津々の顔つきで眺めていたおジャコがすかさず食らいつく。

「なにするんや、わてのスイカ〜」

もも吉が言う。

「欲張りなじいさんは、ネコにスイカを盗られましたとさ」

「うふふ」

美都子は隠善と、顔を見合わせて笑った。


皆川遥風は、京都大学経済学部で国際金融を専攻した。

夢は、金融の仕事に就き、世界中の金融マーケットを相手に仕事をすることだ。子どもの頃にも増して、勉強が楽しくて仕方がなかった。「知らない世界を知る」ということに喜びを感じるようになったのだ。

就活戦線が始まると、早々に第一志望のメガバンクから内定をもらった。そのため、卒論を書き終えるとやることがない。アルバイトをしながら、旅行に出かけて悠々《ゆうゆう》と毎日を過ごした。

ところが、思わぬことが起きてしまう。入社予定の銀行が、突然、破綻《はたん》を発表したのだ。長年行われていた不正経理が発覚し、信用不安を招いたのが発端《ほったん》だった。政府主導で、別のメガバンクが救済合併する案が提示された。それに伴い、大リストラが敢行《かんこう》され、いの一番に新規採用が取り消しになってしまった。

遥風は、頭の中が真っ白になった。遥風の家は、けっして裕福ではない。両親は以前、小さな文具店を営んでいた。ところが、少子化で小学校への納入が大幅に減少し、閉店を余儀なくされていた。父親は建築現場の交通誘導員、母親はスーパーのレジの仕事に就《つ》いて、遥風を大学にまで行かせてくれた。最近では、父親は腰痛が悪化し、「痛い、痛い」と整形外科に通いながら、現場に通っている。

留年して、来年もう一度、就活にチャレンジする余裕はない。

就活戦線は既に終盤を迎えていた。大手企業の採用はとうに終わっている。でも、どうしても大学で学んできた金融の仕事がしたかった。そうでないと、今まで勉強してきた苦労が、水の泡になってしまう。ゼミの教授が心配してくれ、就職先を紹介してくれた。差し出された企業の採用案内を見て、正直なところ凹《へこ》んだ。それは、京都市に本社がある、京洛《きょうらく》信用金庫だった。

「皆川さんには不本意かもしれへん。うちの大学のプライドもあるしなあ。そやけど、地域に根付いた健全経営をしている優良企業や。ここの理事長から、将来の幹部候補となるような若者を紹介してほしいと頼まれているんや。もしよかったら、面接だけでも受けてみぃひんか。もちろん、私が推薦状を書くさかい」

低姿勢で言う教授の気持ちが、手に取るように伝わってきた。なにしろ、ゼミの同期の内定先は、すべて日本を代表する大手の銀行や証券、保険会社ばかりだ。

両親の顔が浮かんだ。

これ以上、両親に無理も心配もさせたくない。遥風は気持ちを切り替え、面接に臨んだ。

　すぐに採用が決まった。人事部長から、

「調べてみたら、当金庫発足以来、初めての京大卒の新入社員や。大いに期待してるさかい頑張ってな」

　と言われた。だが、正直、嬉しいという感情がまったく湧いてこない。二流三流の大学を出た先輩たちの下で働かなくてはならない。ここまで、いじめに耐えながら勉強をし続けてきたのに……。

　転職も模索した。「京大出身」という肩書きと、「メガバンクに内定をもらったことがある」という実績が物を言い、大阪の地方銀行から「うちに来てほしい」と言われた。ただし、赴任地は、東京本部という。ちょうどその頃、両親が相次いで身体《からだ》を壊し、そばを離れるわけにはいかず、泣く泣く諦めた。

　京洛信用金庫に入庫して三年目となった。西陣支店で二年、営業でお得意さん回りをした。「ここは自分の居場所やない」という思いはなかなか消えないが、そんな後ろ向きのことばかり考えていても始まらない。

　こんなことでへこたれるわけにはいかない。この京洛信金で出世してやるぞ！

　と、遥風は、覚悟を決めて懸命に働いた。その成果が認められ、この春から宇治《うじ》支店融資係に異動の辞令が出た。京洛信金では融資の仕事は、社内の出世の登竜《とうりゅう》門《もん》。管理職や役員への早道と言われている。何より宇治支店は、京洛信金が発足《ほっそく》してすぐに茶どころである宇治の発展のためにと出店した旗艦店《きかんてん》だ。もう一度、ここで死に物狂いで頑張って、ダントツの成績を上げる。そして、上司に認めてもらい、リベンジをはかるのだ。

遥風には、秘策があった。

老舗《しにせ》企業が保有している遊休地の活用だ。

例えば、使われなくなった倉庫や駐車場に、マンションやホテルを建ててもらう。その建設資金は、京洛信金で貸付ける。かつ、建設業者も京洛信金の取引先を紹介できれば一石二鳥。もし、そのマンションやホテルを、別の管理会社に委託すれば、そこでまた取引が広がる。

さらにさらに……。新しく雇った従業員の、給与振込や預金、あわよくば投資信託さえも獲得できるかもしれない。一件の仕事で、多岐《たき》にわたる利益が得られるのだ。

毎晩のように残業をして、遊休地を持っている会社はないかと取引先リストをチェックした。谷岡《たにおか》融資係長に、

「心当たりはありませんか？」

と尋ねたら、

「すぐには思い当たらへんなぁ。土地を遊ばせておくほど余裕のある会社は、このご時世では少ないやろ。それでも皆川さん、ええところに目ぇつけた。気長に探したらええ」

と褒められはした。でも、「気長に」なんて、悠長《ゆうちょう》なことは言ってはいられない。

そんなある日、「風神堂《ふうじんどう》」の社長・京極丹衛門《きょうごくたんえもん》が部下を伴って、京洛信金・宇治支店にやって来た。言わずと知れた京都を代表する和菓子の老舗だ。その「風神堂」の宇治支店が、カフェを増設してリニューアルする。京洛信金はその設備資金を融資することになっており、契約手続きに訪れたのだ。残念ながら以前から進められていた計画で、遥風の前任者の成績にカウントされている。

遥風は心の中で、「チェッ」と、舌打ちをした。

（もう少し、この支店への異動が早かったら、私の成績になったのに……）

京極社長が部下に言う。

「若王子《わかおうじ》さん、私はこのまま本社へ帰るさかい、宇治支店の周辺のリサーチを頼めるか？」

「はい、社長」

谷岡融資係長が尋ねる。

「リサーチ言わはると」

「もうカフェの設計図もメニューも大方《おおかた》でけてます。そやけど、念には念を入れて、もういっぺん観光客の購買動向や人の流れを見直そうと思うたんです。それで今日は、この若王子を連れて来ました。彼女はうちの南座前《みなみざまえ》店の副店長で、以前は製造にも携わってたことのあるベテランなんですよ」

「ほう、それは頼もしい」

若王子と呼ばれた女性は、ポッと顔を赤らめた。褒められて照れているようだ。きっと、心根が純粋なのに違いない。谷岡融資係長が、思わぬことを口にした。

「そないしたら、うちの皆川を案内役にお付けしましょう。もっとも、彼女もこの店に来て、日が浅いさかいに却《かえ》って足手まといになるかもしれまへんけど」

「それは助かります。リサーチは複数の目で見る方がええしなぁ、若王子さん」

「はい、お世話になります」

皆川は、またまた心の中で舌打ちをした。この仕事はもう自分の成績にはならないのだ。時間が損なだけ。そんな暇があったら、遊休資産を持つ会社を探すことに力を注ぎたい。でも上司の指示であり、この雰囲気で断れるものではなかった。

遥風は、若王子とともにＪＲ宇治駅をスタートして、宇治橋通《うじばしどおり》、あがた通と土産物店、飲食店が軒《のき》を連ねる道を丁寧に観察しながら歩いた。その後、細い路地も探索し、せっかくだからと平等院《びょうどういん》も拝観した。

「ああ～疲れた。カフェで甘いもんでも食べて行きませんか？」

午後の時間をまるまる棒に振ってしまった。遥風は若王子の誘いに、自棄《やけ》になって応じた。ところが、若王子とのおしゃべりが楽しくて、ついつい長居をしてしまった。

「若王子さんは、お店や人を見る目が鋭いですよね。尊敬します」

若王子は、ソフトクリーム店の店員を見て「動きに無駄《むだ》がないなぁ」とか、人気カフェの順番待ちの行列に「もったいない。さっきのカップル、『暑いから並ぶのかなわんわ』て帰ってしもうたやないの。パラソル立てて日陰拵《こしら》えたらええのに。売上逃して大損や」と、実に的確な意見を口にする。実は、遥風も同じことを考えていたところだった。若王子が照れもせず答えた。

「うちのモットーは、笑顔でテキパキ。能率・効率なんや。のろのろ仕事してる人を見ると時間の無駄遣いやて、イライラしてしまう。うちの店にもな、ときどき本社から応援に来る社員がいてな。そうそう、皆川さんと同じくらいの年の子や。これがまたのろまで不器用で困ってますんや」

「私もなんです。仕事ってそんなに難しいもんやないと思うてるんです。損か得か、その二者択一。得やて思うた方に、猪突猛進《ちょとつもうしん》迷わず進んだら、良い結果が出ると信じてます」

「皆川さん、馬が合いますね」

そんなこともあり、若王子は遥風に気を許してくれたのかもしれない。これまでの苦労話をしてくれた。

なんでも家庭の事情で、大学への進学を諦めて就職したのだという。「風神堂」は、安土桃山《あづちももやま》時代から続く老舗で、最近こそかなり改まってはきたものの、なかなか女性が重要なポストに就くのは難しいらしい。それでも必死に働いて、生来の負けん気と努力が実り、南座前店の副店長を任されているとのこと。

「うちな、店長になるのが目標なんや」

「若王子さんなら、絶対なれます！」

「そう言ってもらえると、力が湧いてくるわ。おおきに」

遥風も、京洛信用金庫に勤めることになった経緯を話した。すると、いかにも気の毒そうだという顔をして、

「災難やったなぁ。そやけどきっと大丈夫や。皆川さんは将来、信用金庫の理事長になるお人や」

と、励ましてくれた。話が大いに弾み、気が付くと五時近くになっていた。

「あかんあかん。能率・効率言うてるうちが、油《あぶら》売り過ぎてしもうた」

「でも、楽しかったです」

「うちも楽しかったわぁ。また今度、プライベートでお茶しよな」

「はい！　よろしくお願いします」

「それにしてもなぁ、うちの社長は、うちのこと認めてくれてるらしいんやけど、どうも社長自身、能率・効率が徹底でけへんみたいでなぁ。もし、うちが将来、会社の幹部にでもなれる日が来たら、社長に進言しよう思うてることがあるんや」

帰りがけに、若王子はカフェのレジで、愚痴《ぐち》ともつかぬ思わぬ話を始めた。

「『風神堂』は古い会社やさかい、あちこちにお店や倉庫を持ってるんや。そのうちの一つ、小川通《おがわどおり》店はほんまに間口の小さい京町家で、売上も雀《すずめ》の涙くらいしかあらへん。そやけど敷地が広いさかいに、もっと上手～く活用すれば利益を出せる思うてるんや」

「え？　なんですって⁉」

「なんやあんた、急に怖い目ぇして」

遥風は、若王子の腕を摑《つか》んで、言った。

「もう十分だけお時間いただけませんか？　そのお店の詳しいお話、聞かせてください」

朝倉透《あさくらとおる》は、以前、京洛信用金庫本社の融資部長を務めていた。高卒にもかかわらず、五十そこそこで部長というのは、金庫内でも大出世だ。それどころか、取引先やライバルの金融機関の人たちからも「京洛信金に朝倉あり」とまで言わしめた存在だった。

透は、父親を早くに亡くしたため、母親が透を一人で育ててくれた。でも、母親の愚痴一つ、泣き言一つ聞いたことがない。食卓にはいつも野草のお浸しや炒めものが並んだ。河原《かわら》や道端《みちばた》で、母親が摘《つ》んできてくれたものだ。そのため、透は小学校の時、「ペンペン草」というあだ名をつけられた。透は、けっしてそのことを恥ずかしいとは思わなかった。しかし、貧しさに対する世間の目は、今よりもずっと冷たかった。

小学二年生のときのことだ。

クラスの女の子のお金が失《な》くなった。いったん登校したあと、校庭に出て全校一斉の朝礼に参加した。再び教室に戻って、朝の会が始まった。その日は、月に一度の給食費を集めることになっていた。先生は女の子が、ランドセルをのぞき込み、今にも泣き出しそうな表情をしていることに気付いた。

「封筒がないんです」

「朝、ランドセルに入れたの？」

「お母さんにもらって、ここへ」

と。ランドセルの中の、ポケットを指さした。

「勘違いかもしれへん。一緒に探そな」

しかし、給食費の入った封筒は見当たらない。誰かが言った。

「透君が朝礼の前に、教室から走って来た」

クラスの子、全員が透を見た。この時、透は自分が給食費を盗んだと疑われているとは露《つゆ》ほども思わなかった。先生は、女の子に、

「今日、家に帰ったら、もう一度勉強机とか探してみてね。ひょっとしたらお家に忘れて来てるかもしれへんし」

と言い、そのまま一時間目の国語の授業を始めた。午前の授業が終わり給食を食べ終えると、みんな校庭に飛び出して行く。透も下駄箱で靴を履き替えていると、担任の先生に呼び止められた。

「ちょっとお話いい？」

透は、キョトンとして再び教室に戻った。元々やさしい先生に、いつもよりも明

るい笑顔で訊ねられた。

「ねえ、朝倉君。先生、怒らへんから正直に言うてみて。朝礼の前に、何しに教室に戻ったん？」

透は子どもながらに、すぐにわかった。疑われているのだと。即座に答えた。

「僕やってません」

それだけ言い放ち、教室を飛び出した。

その次の日、登校すると黒板にチョークで落書きがされていた。

〝ペンペン草はどろぼう〟

透は、頭の中が真っ白になった。

誰もしゃべらず、じっと透を見つめている。その視線が痛くて耐えられず、教室を飛び出した。貧しいから疑われたのだとわかっていた。「なんでうちは貧乏なんや！」と、母親に怒鳴りたかった。でも、そんなことを口にしたら、母親を困らせるだけだ。

「お父ちゃん、なんで死んだんや」

と、校舎の壁に向かって呟《つぶや》いた。

その晩、担任の先生が透の家にやって来た。突然、である。玄関の戸を開けるなり、母親に頭を下げて謝った。

「私の間違いでした。透君には辛い思いをさせてしまい申し訳ありません」

女の子のお金を盗《と》ったのは、隣の席の雅也《まさや》君だったという。透に嫌疑《けんぎ》がかかったことに耐えきれず、昼休みに「僕がやりました」と、その給食費袋を持って職員室に謝りに来たという。それには、複雑な家庭環境が関係していたという。

雅也君の母親は、後妻だった。一年ほど前、いきなり父親に「今日から、お前のお母さんになる人だよ。それからこっちがお前の弟だ」と言われた。五歳で、保育園に通っているという。よく理解できないまま、四人の新しい家族の生活が始まった。最初は、継母《ままはは》はやさしかった。「食べ物は何が好き？」と尋ねられ、「オムライス」と答えると、その晩とびきり美味《お い》しいオムライスが食卓に並んだ。

でも、一月《ひとつき》もすると、あきらかに冷たくなった。義弟には毎日、高級なお菓子を買い与えるが、雅也君には何もくれない。友達と遊びに行くにしても、お金がないと一緒に駄菓子屋にも入れない。父親は出張が多く、お小遣いをくれる人もいなかった。それで、つい……。

雅也君は、「ごめんなさい、ごめんなさい」と泣きじゃくったという。話を聞き終えた透の母親は、透の頭に手のひらを置いて言った。

「赦《ゆる》してあげられるな、トオル」

それを聞き、先生はホッとした顔になった。母親は、透の目を見て尋ねた。

「トオル、その雅也君とは友達なんか?」

「ううん、あんまりしゃべったことない」

「そうか、そないしたら、雅也君の友達になってあげ」

雅也君のせいで、自分は泥棒扱いされたのだ。まだ、そのことを雅也君自身に謝ってもらっていない。「なのに、なぜ?」と腹が立った。そんな心の内を見透かすようにして、母親が言った。

「透、雅也君の辛い気持ちわかるな」

「うん」

ただ、それだけ。透は不思議なことに、恨《うら》みの気持ちがその一言で消え去り、と答えていた。翌日から、雅也君と友達になった。そして何より、母親を尊敬するようになった。母親は、幾度も職を変わったあと、縁あって富山《とやま》の置き薬の販売員になってから、ようやく生活を安定させることができた。透は、自分が大きくなったら、母親に親孝行して恩返ししようと心に誓って生きてきた。

その母親が、ある日、夜中にトイレに行った際、転んで大腿骨《だいたいこつ》を骨折してしまった。にもかかわらず、自分で救急車を呼び、息子には知らせなかったほどの勝気な性格だ。透は、「苦労をかけた母親に恩返しするため、信用金庫を早期退職して世話をしようかと思うんや」と、妻に相談した。既に透の二人の子どもは、独立して家を出ていた。妻は栄養士で、小学校の給食センターで働いている。

「いいわよ。二人なら、私の給料だけでなんとかやっていけるもの」

と、二つ返事で賛成してくれた。妻は両親共に既に看取《みと》っている。

自宅からバスを使い、実家との間を毎日行き来し、母親の介護をした。食事も洗濯もすべて面倒をみた。しばしば実家に寝泊まりして、リハビリセンターへの送迎もした。自分でも、かなり献身的だったと思っている。

ようやく、僅《わず》かながらも、恩返しができたかと思った矢先のことだった。身体の自由が利くようになってきた母親が、こんなことを言い出した。

「人間、元気なうちは働かなあかん。トオルは仕事に戻りなさい」

そう言うと母親は、透に相談もせず勝手に手続きをして老人ホームに入ってしまった。やむをえず、人事部長を頼って古巣の職場を訪ねた。「復職したい」と相談すると意外なことを頼まれた。

「それは大助かりや。これまでの経験を活かして、本社で職員研修の責任者をしてくれへんやろか。人付き合いや人物の見方を教えてやってほしいんや。契約社員いう形で申し訳ないんやが」

実績を買ってくれるのは嬉しい。しかし、透は「それだけは勘弁を」と、固辞《こじ》した。あまり忙しいと、母親の顔を見に行けなくなってしまう。

それ以上に、尻込みする理由があった。透は、「人に教える」ということが大の苦手なのだ。透は仕事に大切なのは、何よりも「経験」だと思ってきた。失敗や挫折を積み重ねるうちに、知らず知らずに仕事や人生の大切なものを身に付けられるものだと。自分自身がそうだったからだ。

「それだけはかんにんしてください」

と繰り返し言い、どうにかわがままを聞いてもらった。

その末、宇治支店で「お客様案内係」の仕事に就かせてもらうことができた。腕章をつけ、用紙の記入やＡＴＭの操作に戸惑うお客様の手助けをする。それだけではない、ポスターの張り替えに切れてしまった電球の取り替え。店周りや休憩室の掃除、お茶やコーヒーを淹《い》れるためのポットの管理もする。要するに雑用係だ。

それでもまた京洛信金で働けることに、生きがいを感じていた。ここは、透が入社して最初に配属になった支店である。その後、四十代で副支店長として四年間お世話になった。今回で、三度目のご奉公だ。

透は、着任早々、支店長直々に難儀なことを仰せつかってしまった。

融資係の皆川遥風の教育係だ。本社の職員研修の仕事を断ってやって来たというのに、まさかここでも若い者の指導をさせられるとは……。それに、皆川は、なんと京都大学経済学部の出身だという。

「私は高卒ですよ、そんなんでけるわけないやないですか」

と言い、なんとか逃れようとした。ところが、

「彼女はうちの金庫の期待の星なんや。ただ、人生経験が乏しい。そやからついつい決算書など数字だけで企業を見がちなんや。朝倉さんから与信審査の方法を教えてやってほしいんや。要するに人物の見方やな。これは一朝一夕《いっちょういっせき》にはいかん。長い目ぇで育てたい思うとるんや。頼みましたよ」

と、無理矢理押し切られた。透は、出社するのが憂鬱《ゆううつ》になってしまった。


遥風は、「風神堂」の若王子から、望んでいた情報を耳にして心が躍った。遊休地、というわけではないが、活用すればもっと大きな利益が生み出せるはずだ。まずは、百聞《ひゃくぶん》は一見にしかず。早速、翌日、「風神堂小川通店」へと、リサーチに出かけた。

その店は、スポーツの守護神として知られる白峯神宮《しらみねじんぐう》の北辺りの通りに面してあった。閑静《かんせい》な住宅地である。若王子が言うように、間口の狭い店構えの京町家《きょうまちや》で、奥に細長い造りは「うなぎの寝床」と呼ばれている。店内に入ると、かなりベテラ

ンと思われる女性従業員が一人いるだけだった。小さなガラスケースに、名物の「風神雷神」のほか、いくつかの生菓子が並べられている。

「どうぞ、お茶淹れますさかい」

と勧められ、店の片隅に置かれている二人掛けの椅子に腰かけた。

「何かお使い物でしょうか?」

と尋ねられ、ドキリとした。ただ、偵察のつもりだったのにお茶までご馳走《ちそう》になり、何も買わずに帰るのもはばかられる。

「『風神雷神』の一番小さな包みを、ひと箱ください」

「おおきに、かしこまりました」

遥風は、高価な菓子を自腹を切って買ってしまったこともあり、思い切って尋ねてみることにした。

「たまたまなのでしょうが、他にお客様がいらっしゃいませんね」

「へえ、いつも店には閑古鳥《かんこどり》が鳴いてます」

そう答え、にこりと笑った。

「お一人でお店をきりもりしてはるんですか?」

「いいえ、うちともう一人いてます」

この店に来て、二十分ほど経つが、一人も客が来ない。隣の屋根付き駐車場は、奥に長いので八台くらいは停められるだろう。なのに、停められているのは商用車が一台切り。もったいないとしか言いようがない。出されたお茶を飲みながら、遥風はもう頭の中で、企画の輪郭《りんかく》がはっきりと浮かび上がっていた。

「どうかされましたか？」

「風神雷神」の包みを差し出す店員の声に、遥風は我に返った。

「い、いいえ、ちょっといいことを思い付いてしまったので」

「そうですか、それはよろしおすなぁ。お気を付けて」

遥風は、宇治支店に戻るとすぐにパソコンに向かい、おおまかなアイデアを練った。本部や他店舗に頼んで資料を集める。現地にたびたび足を運んだ。毎日、許されるギリギリまで残業をして、二週間後に提案書を完成させた。

京町家造りの「風神堂小川通店」を、大幅にリノベーションを施して高級なゲストハウスにするというものだ。もちろん、部屋数を増やすため、隣の駐車場にも建物を増築する。ターゲットは、海外の富裕層の観光客だ。

入口にカフェを併設し、そこで「風神雷神」の小売販売もできるようにする。一つの土地で、三つの業態を経営するのだ。少なくとも売上は今の十倍になるものと見積りを出した。

提案書を見た谷岡融資係長は、パッと顔色が明るくなり、

「ええやないか、さすが京大出やなぁ」

と、褒めてくれた。支店長も、

「うん、なかなかのデキや思う。そやけど……」

と少し顔が曇った。遥風は、

「支店長、お願いします。『風神堂』さんに提案させてください。これが実現したら、大きな利益になります」

と声高《こわだか》に進言した。いったい支店長は、何をためらっているというのか。この一件で、今期の宇治支店全体のノルマが達成できてしまうくらいの案件ではないか。

「そうやな、わかった皆川さん。ちょうど明日、京極社長さんがリニューアル工事の打ち合わせで、風神堂の宇治店に来られるて聞いてる。なんとか京極社長に時間取ってもろうて、うちの店にも立ち寄っていただこう」

「本当ですか！　ありがとうございます」

「これが上手くいったら、皆川さん大手柄《おおてがら》やで」

と褒められ、遥風は舞い上がった。ようやく今までの努力が実ったのだ。

翌日の昼前、京極社長が来店された。支店長室へ入ると遥風は一つ深呼吸をした。

「なんや、ええお話があるそうですな」

京極社長は微笑《ほほえ》んで言う。

「そうなんですよ。皆川が、えろう力を入れて考えたプランです。ご覧いただけますでしょうか。さぁ、お渡しして」

遥風は、提案書を差し出した。京極社長はおもむろに提案書を開いた。遥風は、ドキドキしながら見守る。最後のページを読み終えると、

「うん、ようでけてる思います。支店長さんから伺いましたよ。皆川さんは京洛信用金庫始まって以来の秀才で、期待の星やそうですね」

と、瞳を見つめて言われた。自信はあったものの、評価してもらえるとことのほか嬉しい。ところが、それに続いたのは予想外の言葉だった。

「ようでけてます。そやけど、このお話はお断りさせていただきます」

「え？」

「では、今日はこのあとの用事が立て込んでおりますので、これで失礼いたします」

支店長の、

「お忙しい中、ご足労いただきありがとう……」

という言葉を、遥風は途中で遮《さえぎ》った。

「社長、なんであかんのでしょう。自分で言うのもなんですが、こないにええ企画なかなかない思います」

京極社長は、無言で席を立とうとする。

このまま帰らせるわけにはいかない。遥風は引き留めようと訴えた。

「お願いします。もう少し、お話聞いていただけないでしょうか」

支店長が、慌てて、

「急いでおられるんや、失礼やぞ」

と、京極社長に頭を下げた。

どう考えてもおかしい。どんな経営者でも、二つ返事で、「やりましょう」と答えてくれるはずだ。ビジネスの判断は得か損か、二つに一つのはずだ。遥風は、すでに立ち上がっている京極社長に向かって言った。

「絶対にお得な提案なんですよ。利益を上げられる土地建物を活用しないということは、損をするということと同じじゃ思うんです」

「なるほどなぁ、みすみす得することを見過ごすいうんは、損することと同じいうことですか」

「はい」

「あなたの考える商いの道と、『風神堂』が歩んで来た商いの道とは、ずいぶん大きな隔《へだ》たりがあるように思えます。ただ、それだけのことです。他も回らんとあかんさかい、これで失礼します」

「あっ、ちょっとお待ちください。なぜですか？　損か得か、一目瞭然《いちもくりようぜん》でわかるこの資料がここに……」

それでも引き留めようとすると、支店長に手で制されてしまった。

「もう君はええから、仕事をしてなさい。お見送りは係長と私でするさかい」

誰もいなくなった支店長室で、遥風はソファーに座り込んだまま動けなくなってしまった。

「なんで……なんでやの……」

ふと昔、いじめに遭っていた頃のことが思い出された。ここまで頑張ってきたことが、すべて無駄だったように思え、大きな溜息《ためいき》をついた。


透は、店の通用口から駐車場に出た。この暑い時期、アイスの包みやペットボトルを、路上にポイ捨てする観光客がいる。そのため、日に二、三度、見回りをして掃除をしている。

するると、支店長と融資係長の二人が、見知った顔の男性にペコペコと頭を下げているのが見えた。相手は、老舗の和菓子店「風神堂」の京極丹衛門社長だ。京極と目が合い、透は会釈《えしゃく》をした。

「あっ、朝倉はんやないですか？」

そう大声で呼ばれて、透は手にホウキとチリトリを手にしたまま歩み寄り、もう一度深くお辞儀をした。

「京極社長、いつもお世話になっております。どないかされましたか？」

京極社長は、京洛信用金庫の上得意先だ。透が本部の融資部長をしていた頃、たいへんお世話になった。仕事の枠《わく》を出て、趣味や家族のことなどプライベートな話もできる親しい間柄でもある。

「この忙しいのに、かないませんわ。朝倉さん、どないかしてくれまへんか」

京極社長は、透にすがるように瞳を向けた。代わりに支店長が口を開いた。

「他でもない、あんたに教育係を頼んでいる皆川さんのことや。京極社長さんを困らせてしもうたんや」

「教育係」と言われても困る。こちらはただのお客様案内係なのだ。

「今日は京極社長さんに、『風神堂』の小川通のお店をゲストハウスにするいう提案をさせていただいたんや。融資の皆川さんの立案でなぁ。社長さんは、思う所がおありのようではっきり『お断りします』ておっしゃられたのに、皆川さんが、執《しっ》拗《よう》に食い下がって困らせてしもうたんや」

　支店長はそう言うと、もう一度、京極社長に頭を下げた。

「いやいや、皆川さんが優秀な方やいうことはお話ししててようわかります。そやけど、少々波長の合わへんところがおましてなぁ」

「波長……ですか」

「それがなぁ、『損か得かで考えたらわかるはず』やて言わはるんや。還暦《かんれき》過ぎたもんが若いお嬢さんにそないなこと言われんでも承知してます。支店長さんも朝倉さんもわかるやろ。損か得かだけで商いしてたら身代《しんだい》は何代も続かへん」

「風神堂」は安土桃山時代の創業で、丹衛門は第十八代目当主である。目先の利益だけ追い求めてきたとしたら、これほどまで長きにわたって経営が続くはずはないことは自明《じめい》の理《り》だ。支店長は透に、訴えるような眼で言う。

「皆川さん、まだ諦めとらんみたいやった。『風神堂』本社まで押しかけて説得しようというような勢いや。朝倉さんからよう指導してやってくれへんか？　彼女は我が金庫にとって将来有望な社員なんや」

　京極までもが、透に頼み込むように言う。

「うちの会社もそうですが、若い人のやる気を削《そ》がんようにして伸ばすんが年嵩《としかさ》のいったもんの役割や思うてます。別に、私は怒ってるわけやないんです。朝倉はん、あんじょうよろしゅうお頼申《たのもう》します」

透は苦笑いするしかなく、

「はあ」

と、溜息にも似た返事をした。


その夕、仕事の帰りに母親を老人ホームに訪ねた。

「買《こ》うて来てくれたか」

「うん、言われた通り二十個買うてきたで。あんまり冷たいもん食べ過ぎたらあかんで」

そう言い、透はアイスクリームを保冷バッグから部屋の冷蔵庫に移し替えた。泉《せん》涌寺御用達《にゅうじごようたし》の「大谷園茶舗《おおたにえんちゃほ》」の抹茶アイス最中《もなか》だ。皮が茶壺《ちゃつぼ》を模したデザインで可愛《かわい》らしい。

「何言うてるんや。ホームの友達に分けたげるんやないか」

「そんならええけど」

母親は昔からそうだった。「二つのお饅頭を、二人で食べるより、一つのお饅頭を半分ずつ二人で食べた方が美味《おい》しい」と、口癖のように言っていた。母親が、老人ホームの友達に少しでも良い顔ができるとしたら、それが今の透にとってせめてもの親孝行だと思うことにした。母親に、瞳をのぞき込むようにして尋ねられた。

「なんや、また悩み事か?」

「うん、やっぱりわかるんや」

「何年、トオルの母ちゃんやってる思うてるんや」

「そうやったなぁ」

これだから、母親にはかなわない。

「困ったときはもも吉さんやて、いつも言うてるやろ。電話しといたるさかい、今からでも行ってきなはれ」

母親とももも吉は、「多祢《たね》ちゃん」「ももちゃん」と呼び合う大の仲良しだ。

「そうやったそうやった。おおきに、ほなそうするわ」

と言い、カバンを肩にかけた。

「そうそう、お母ちゃん」

「なんや」

「あのな、明日の晩ご飯な、外へ一緒に食べに行かへんか? どこでも好きなお店連れてってやるさかい」

「あかんあかん、ここの明日の夕ご飯はうちの好物のグラタンなんや」

「そないしたら明後日はどないや?」

「明後日は土用《どよう》の丑《うし》の日やさかい、うな丼が出るんや。もうええから、早よ行き！」

透は、母親に追われるようにして、老人ホームをあとにした。


その足で透は、京阪《けいはん》電車に乗り祇園四条《ぎおんしじょう》駅で降りて地上に上がった。花見小路《はなみこうじ》を下がり、小路を左へ右へと曲がると、一軒の町家の前で立ち止まった。格子戸《こうしど》をガラッと開け、点々と続く飛び石の上を奥へ奥へと進む。上がり框《がまち》を上がって襖《ふすま》を開けると、店内にはL字のカウンターに丸椅子が六つ並んでいた。

「ああ、朝倉はん、ようおこしやす」

そのカウンターの向こう側に座るもも吉が、畳に手をついて挨拶した。

紺色の縮み浴衣に白地の紗織り帯。それに紅色の帯締めをしている。

透も腰を曲げて挨拶する。

「もも吉お母さん、こんにちは」

「ついさっき、多祢ちゃんから電話もらいましたえ」

もも吉はお茶屋の元女将《おかみ》。今は、衣替《ころもが》えして甘味処《かんみどころ》「もも吉庵《きちあん》」を営んでいる。

密かに花街《かがい》の人々の悩み事の相談に応じていると聞く。

「眉間《みけん》に皺《しわ》よせて、よほど悩んではるんどすなぁ。さあさあ、挨拶《あいさつ》はええから早《はよ》う座りなはれ、麩もちぜんざい拵《こしら》えてるさかい」

そう言うと、もも吉は奥の間からお盆を手にして戻って来た。目の前に清水焼《きよみずやき》の茶碗が置かれた。ふたを取ると、湯気が上がる。

「あ～ええ匂いや」

小豆《あずき》の香りが鼻孔《びこう》に抜けた。木匙《きさじ》で一口、口へと運ぶ。

「美味しい……」

まだ一口しか食べていないのに、心の中のしこりが解けていく気がした。

「実は、もも吉お母さんも知ってはる皆川遥風さんのことなんです」

「なんや、またあの娘さんのことかいな」

と、もも吉はあきれたという顔つきで答えた。

「ついこの前、アドバイスしてあげたばっかりやないか」

先だって京洛信用金庫に、茶卸商《ちゃおろししょう》「相沢源三郎茶舗《あいざわげんざぶろうちゃほ》」当主の次男・宗春《むねはる》が、カフェを開くための設備資金の申込相談に訪れた。その対応をしたのが、皆川だった。ところが、収支計画と資金繰表を見るなり、即座に断った。「数字がNoと言っている」というのだ。次男の人柄が確かであることを知っている透は、なんとか融資が通らないかと考えた。そこで、皆川を連れて「もも吉庵」を訪ねたのだ。

もも吉は皆川に、商いというものは「数字」だけでなく「人」を見ることが大切であることを教え、諭《さと》してくれた。皆川はまるで、目から鱗《うろこ》が落ちたような顔つきをしていたので、てっきり理解してくれたのだと思っていた。しかし、いまだに目先の利を追い求めて仕事をしているのだ。

「お客様にもっと儲けてもらいたい。得してもらいたいて思うんは、金融人として大事なことや思うてます。そやけど、目先の利益を追うだけが経営やないことを、どないして腹に落ちるように教えたらええんか……」

その時だった。もも吉が一つ溜息をついたかと思うと、裾の乱れを整えて座り直した。背筋がスーッと伸びた。帯から扇を抜いたかと思うと、小膝をポンッと打った。ほんの小さな動作だったが、まるで歌舞伎役者が見得《みえ》を切るように見えた。もも吉が言う。

「あんさん、その答えはもうご自身で知ってはる思いますえ」

「え⁉ 私が知ってるて？」

もも吉は、ふっと微笑んだ。

「昔なあ、多祢ちゃんからあんさんの子どもの頃の面白い話、聞いたことがありますんや」

「え？ 私の話て……」

子どもの頃の話、と言われて平静でいられる人は少ないのではないか。透は特に素行が悪かったわけではないが、顔が赤くなるのを覚えた。

「ソーダアイス、友達と一緒に食べはったときの話や」

「ソーダアイスですか？　……あっ！」

透は四十年以上も前のことが、脳裏に蘇《よみがえ》った。

「ああ、思い出しました。お母ちゃんに叱られた日ぃのことや」

「もっぺん皆川さんに、商いに大切なことを教えてあげなはれ」

透は、心の中の靄《もや》が少しだけ晴れて行くような気がした。「さて、どうやって話をしようか」と心の中で呟いた。


遥風は、勢い込んでいた。

先日は断られてしまったが、今度こそ「イエス」と言わせてみせるのだと。京極社長を説得するための追加資料が完成し、午後にでも係長と支店長に承諾をもらって、「風神堂」本社訪問のアポを取るつもりだ。信用金庫の二階の休憩所でお弁当を掻《か》きこみ、立ち上がろうとしたとき、お客様案内係の朝倉に声をかけられた。

「ここええかな」

と、テーブルの隣の椅子を指さす。

「もう終わりましたから、どうぞ」

そう言い、席を立とうとすると呼び止められた。

「いや、君に話があるんや」

「私に……ですか？」

戸惑う遥風をよそに、朝倉は休憩室の隅にある冷蔵庫へ行き、扉を開けた。上の冷凍室から何やら取り出し、目の前に差し出した。

「これやこれ、ちっちゃい頃、これが大好きでなぁ。お母ちゃんによう買《こ》うてもろうたもんや。夏のおやつの決定版やな」

あまりにも、思わぬものが出てきて、驚く。

「食べたことあるか？」

もちろんだ。ふたごソーダアイス。空色というか、まさしくソーダ色。見ただけで、味と香りが蘇る。木の持ち手が二つ付いており、真ん中からパキッと割ることができる。小学校の頃、よく友達と分け合って食べたものだ。

「はい。それがどないかしたんですか？」

朝倉は、遥風が訝《いぶか》しげに尋ねているにもかかわらず、一人思い出に浸っているかのように楽しそうに話し始めた。

「たしか小学三年のある日のことやった。勉強部屋で恐竜の図鑑を見てると、お母ちゃんの『おやつやでぇ』て呼ぶ声が聞こえたんや。飛んで行くと、『ハイッ』て手渡されたんが、このふたごソーダアイスや。私は受け取ると、すぐに袋を破いて取り出し、二つに割った」

朝倉はいったい何の話をしているのだろう。こちらは、早く仕事に戻りたいのに。しかし、遥風の瞳をまっすぐに見つめて話を続けた。

「まさしくその瞬間やった。表から『トオル君、遊ぼ～』て声が聞こえた。同じクラスの雅也《まさや》君や。ちょっと学校で、事件が起きたことがきっかけで仲良しになったんや。そう言えば『恐竜図鑑を見せてやるから、いつでも遊びに来たらええ』て言うたのを思い出した。雅也君が家に上がると、お母ちゃんが言うた。『トオル、アイス二人で仲良う食べるんやで』と。この時、私はなんて思うたと思う？」

遥風は苛立《いらだ》った。

話を聞かされるだけでなく、急にクイズだ。

でも、すぐにその答えはわかった。世の中の子どもは、きっとみんな同じことを考えるに違いない。遥風は頭に浮かんだことを口にした。

「タイミングが悪いなぁ。アイスを食べ終わってから来てくれたらええのにと思うたんやないですか」

「その通り、正解や。私は渋々《しぶしぶ》、左手のアイスを雅也君に渡した。するとなぁ、お母ちゃんがこう言うたんや。

『あかんでトオル！　大きい方を友達にあげな』

てな。皆川さんも食べたことあるそうやから知ってはると思う。『二つに割る』て言うても、なかなかちょうど真ん中では割られへんのや。どっちかが微妙に大きゅうなってしまう。私は、咄嗟《とっさ》に右手に持ったアイスの方が大きいと判断して、左手の小さい方のアイスを雅也君に差し出したんや」

遥風は、きっと自分でも同じようにしたに違いないと思った。

「雅也君が帰ったあと、私はお母ちゃんに、ちゃぶ台を指さして『そこに座り』と言われた。私はいつものことなので覚悟した。こういうときは、大概お説教や。

『ええかトオル。お母ちゃんが友達に大きい方をあげなて言うたとき、いかにも不満そうな顔してたなぁ』

てな。その通りやから反論のしようもない。お母ちゃんの話は続いた。

『ええか、これから言うことは、人生で一番に大切なことや。よう覚えとき』」

遥風は、いつしか朝倉の話に引き込まれていた。

「人生で一番に大切なこと」

そんなふうに聞かされたら、つい前のめりになってしまうではないか。

「『もしもや、もしもトオルが雅也君の立場やったらどない思う？』て言《ゆ》うて目をじっと見つめられた。私はよう返事でけへんかった。そんなん明らかやからや。『チェッ』て、舌打ちするんやないか。『おおきに』て口では言うても、心の中ではこう思うはずや。『大きい方がええな〜』て」

遥風は、心がチクリと痛むのを覚えた。

「お母ちゃんの話は、これでお仕舞いやなかった。いや、始まったばかりやった。『そんなことは些細《ささい》なことや。そやけどなぁトオル。そういうことが人の信用に繋《つな》がるんや。もしもやで、トオルが大人になって仕事に失敗して借金まみれになったとしよか。困ったときに頼れるのは、遠くの親戚よりも近くの他人いう言葉がある。親友や言うても、普段小さい方のアイス渡すような友達付き合いを続けていたら、いつか知らんうちに心が離れていくもんや。いつでも、自分は損してもええから大きい方のアイスを友達にあげるような生き方をしてたら、困ったときにその友達がトオルのことを助けてくれるんや』てなぁ」

遥風は、ハッとした。自分の行いを諭そうとしているのだ。

「風神堂小川通店」をゲストハウスにする提案書を作るにあたり、京極社長に対して「損か得か」という言い方をした。それを朝倉は、支店長か係長から耳にしたに違いない。

それでもまだ遥風は、自分の提案が「風神堂」にとって良いものだと信じていた。お客様に得な提案をするのが、優秀な信金職員のはずだと。それを見透かしたかのように、朝倉が言う。

「ええか、皆川さん。小川通店のある白峯神宮の北側いうんは、どないな町や?」

遥風はすぐに答えた。

「マンションも増えてきましたが、昔からの住宅街です。あと、お寺や茶道《さどう》のお家元のお宅があります」

「そうや、表千家《おもてせんけ》、裏千家《うらせんけ》、武者小路千家《むしゃのこうじせんけ》の本部がある。その関係で茶道具の店も多い。そんなところに、ゲストハウスを拵えたらどないなことになるか。京極社長さんはそのことを懸念《けねん》してはるんや。外国の観光客がみんなとは言わへん。そやけど、中には夜通し大声でどんちゃん騒ぎするお方もいるて耳にしてる。それはお国柄もあるさかい、一概に責めたりはでけへん。となるとや……」

遥風は、朝倉の言葉に続けて言った。

「ご近所の方に……迷惑がかかります」

「その通りや。それだけやない。あの店はなぁ、地蔵盆《じぞうぼん》の行事のために開放して使《つこ》うてもろうてるんや」

地蔵盆とは、八月の二十日頃に行われる近畿《きんき》地方の夏の風物詩である。子どもたちの健やかな成長を願って、お地蔵さまに対する感謝の気持ちを伝える行事だ。直径二〜五メートルの大きな数珠を囲んで子どもたちが座り、僧侶の読経《きょう》に合わせて順々に回す。この大数珠を身体に当てると、邪気《じゃき》を払い除《の》け、身を清めてくれると言い伝えられている。子どもたちにとっては、みんなとゲームや福引きをして、お菓子ももらえる夏休みの一大イベントだ。もちろん遥風も、子どもの頃には毎年、楽しみにして参加していた。

「あの町家で地蔵盆が……知りませんでした」

「京極社長さんのところへは、今までにも何軒もの不動産屋さんが『売ってほしい』て来てはるそうや。売ったら最後、マンションかホテルになって街の雰囲気ががらりと変わってしまう。自分の利益よりも地域のことを考えてはるんや」

「それはわかりました。でも、会社にとっては損になるんや……」

朝倉は、「いいや」と首を横に振った。

「バブルが弾けたときも、先だっての悪いウイルスが流行《はや》ったときも、風神堂さんを潰《つぶ》したらあかんて、町の皆さんがぎょうさん商品を買うて応援してくれたそうや。それはなぁ、普段の心がけの賜物《たまもの》なんや。日頃から、たとえ自分が損しても他《ひ》人《と》が『得』することを考える。それが長く長く商いを続ける秘訣なんや」

遥風は、恥ずかしくなった。なんと浅はかだったことか。

「これあげるわ。食べなはれ」

遥風は朝倉からアイスを受け取った。封を切ると、少し溶けかけていた。そのため、二つに折ると、パキッではなくサクッという音がしていびつに割れた。ソーダの匂いがプンと漂う。遥風は、右手を差し出した。

「これ、朝倉さんも食べられますか」

「ええんか、あんたの方がずいぶん小さいで」

遥風は無言で頷き微笑んだ。

でも遥風は、心の中にもやもやと黒い雲が立ち込めてくるのがわかった。


透は、ホッとして胸を撫《な》でおろした。

どうやら皆川は、商いで、いや人生で一番大切なことを理解してくれたようだ。これでお役御免だと、ことの顚末《てんまつ》を支店長に報告した。すると、「やっぱり任せてよかった。これからも皆川さんの教育係お願いしますよ」と言う。とんでもない。這《ほ》う這《ほ》うの体《てい》で支店長室から逃げ出した。

そこへスマホが鳴った。

「トオルか?」

「お母ちゃん、どっか悪いんか?」

「今晩、美味しいグラタン食べに連れてってくれへんか？」

「なんや、この前断ったやないか」

「老人ホームのグラタンなあ、海老《えび》が入ってへんかったんや。ホタテのグラタンや。せっかく楽しみにしてたいうんにガッカリや」

「わかった、わかった。仕事が終わったらすぐに迎えに行くさかい」

「ええか、海老グラタンやで」

　電話を切ろうとすると、母親は思い出したかのように言う。

「それからな」

「なんや」

「ふたごアイスも、久し振りに食べたいなぁ」

「……なんやて？」

　朝倉は「ヤラレタ」と思った。母親がもも吉に、「トオルにふたごアイスの話を思い出させてやってくれ」と頼んだのに違いない。それなら、自分で教えてくれればいいものを……。

　いくつになっても、母親には頭が上がらない。

　さて、今夜はどこの洋食店へ連れて行こうかと、頭を巡らせた。

遥風は、朝倉の話を聞き終えて、不安に襲われた。

損か、得か。

自分はずっと、それればかり考えて生きてきた。

この前、河原町で美緒とばったりと会ったときのことを思い出した。遥風は、高校ではクラスのみんなと友達だと思っていた。しかしそれは、自分の単なる思い込みで、誰も自分のことを友達だと思っていないのかもしれない。なぜなら、迷うことなく、人に「小さい方」のアイスを渡し続けるような生き方をしてきたからだ。だから勉強が優先で、学園祭の準備も少ししか手伝わなかった。きっと他人からすると、人徳がないということだろう。

考えれば考えるほど、自分が情けなくなる。

辛い、苦しい。

この胸の内を、誰かに聞いてほしい。

仕事の帰り道、気が付くと、雲畑賢友が園長を務める幼稚園の前まで来ていた。ひょっとしたら、と思う。大学のゼミでも同じだったのではないか。こちらが一方的にみんなのことを友達だと思っているだけで、みんなは……。そう考えると、ゾッとした。そのことを、賢友に尋ねようと思った。

しかし、ここまで来て、急に怖くなってしまった。

もし「ようやく気付いたんか」と言われてしまったら……。それどころか、「何度かカフェ行ったけど、君とは生き方が合わへんことがわかったんや。もう別れよう」と言われるかもしれない。不安はますます募っていく。

「あれ？　遥風さんやないか」

「あ、賢友さん」

「何してるんや、こないなところで。今日は、デートの約束してへんよな」

賢友の顔を見たら、知らぬ間に涙が出てきた。

「どないしたんや、大丈夫か？　身体の具合でもようないんか？」

やさしい言葉をかけられ、さらに涙があふれてきてしまった。

「とにかく、中に入り」

遥風は、賢友が持ってきてくれた冷たい麦茶を飲み干すと、少し気持ちが落ち着いた。もう子どもたちも先生も帰っており、事務室には誰もいない。

「あんな、あんな……聞いてくれる？」

「うん」

遥風は、もう自分の気持ちを抑えることができず、この半月ほどの出来事を順に話した。

高校のクラスメイトと街でばったり会い、飲み会に一人だけ誘われなかったと知りショックを受けたこと。

小学校から中学校にかけて、いじめに遭っていたこと。それは、大の仲良しの夏奈がいじめられているのをかばったことが原因だったことから、それ以来、自分が損な目をすることは一切しないような生き方をしてきたこと。

さらに、今日、お客様案内係の朝倉から、幼い頃のふたごアイスの思い出話を聞かされ、遥風自身の今までの生き方が間違っていたことに気付いたことも……。ここまで一気にしゃべり顔を上げると、賢友が微笑んだ。

「なんや、そないなことかいな」

「え？」

そないなこと、とはどういうことか。こちらは真剣に悩みを打ち明けているというのに。

「あのな、遥風さん。僕がなんで君のこと好きになったんかわかるか？」

遥風は、あまりにもストレートに「好きになった」と言われ、こんな時にもかかわらず頬が熱くなった。

「大学のゼミの新歓コンパの帰り道の事件、覚えてるか？」

「事件て？」

「塾帰りの中学生が、不良にお金せびられてるのを、遥風さんが止めに入ったときのことや」

たしかあの時、二次会でカラオケに行こうという話になった。誰かが空《あ》いているカラオケ店の予約をしようとして、居酒屋の店の前でわいわいとおしゃべりをして待っていた。すると、真面目《まじめ》そうな格好の中学生が、いかにも行いの悪そうな風体《ふうてい》の三人の高校生に、少し離れた小路に連れ込まれるのが見えた。

遥風は、今でもどうしてそんな行動を起こしたのかわからない。咄嗟《とっさ》に駆け出し、「君たち、お巡りさん呼ぶよ！」と叫んだ。でも、怖くて足がすくんで動けなくなった。高校生は、遥風が震えているのを見て取り、「なんやと～！」と怒鳴った。

「あの時なぁ、実は、ゼミのみんなも中学生が連れ込まれるのを見てたんや。そやけど、誰も身体が動かへんかった。なのに、遥風さんが何の迷いもなくスーッと助けに行ったんや。あとでみんなで話してたんやで。勇気のある奴やて」

たしかあの時、ゼミ生の誰かが、「お巡りさんや！」と叫んでくれた。そのおかげで、不良たちは逃げ出したのだ。

「あん時、僕は出まかせに『お巡りさんや！』て叫んだんや。自分は何もでけへん意気地《いくじ》なしやのに、遥風さんはスゴイなぁ、て思うた。正義感言うんやろうか。今の世の中、誰もが自分のことで精一杯や。そんな中、なかなかできることやない。その日からや、僕が遥風さんのこと気になり出したんは。そいで、同窓会の幹事を一緒にやるうちに、気付くと好きになってしもうてたんや」

「おおきに、賢友君」

「遥風さんは子どもの頃、友達のいじめをかばってあげたんやてなぁ。その正義感は、ずっと大人になっても、心の奥底に生きているんと違うやろうか。僕はなぁ、遥風さんのその真っすぐな気持ちが好きなんや。そやからなぁ、そやからなぁ、友達がおらんなんて言わんといてや。悲しゅうなる。少なくとも、僕もゼミのみんなもおるんやで……なんや、どないしたんや……泣いてるんか？　しょうがないなあ、これで拭き」

そう言うと、賢友はハンカチを差し出してくれた。受け取ろうとすると、
ガラッ
と、事務室の扉が開いた。

「え⁉　うち、悪いところに来てしまいましたか？」

賢友が振り返る。

「ああ、紗世《さよ》さん。どないしたん？」

「忘れ物取りに戻ったら、園長先生がラブシーンやってはるさかい、びっくりしま

した。あれ？　遥風やないの？」

　ハンカチを手に、遥風は言葉を失った。高校のクラスメイトのサヨリンだ。

「なんで、サヨリンが？」

「うち、ここで先生しとるんよ」

　そう言えば、サヨリンは子どもが好きで、幼稚園か保育園で働きたいと言っていたことを思い出した。

「そうや、遥風。この前はかんにんな」

「え？」

「飲み会やったときに、遥風に連絡が行かへんかったやろ。実はなあ、うちスマホ落としてしもうて、買い替えたんや、痛い出費やった。そんな時、クラスのみんなのラインのグループを登録し直したんやけど、五人くらい登録し忘れてたんや。カンちゃんなんか、飲み会が終わった翌日に美緒から聞いたいうて、えらい怒られたわ。今度はちゃんと連絡入れるさかいに、みんなでカラオケ行こな。最近、うち、童謡に凝ってるんや。『森のくまさん』をカラオケで歌うと、けっこうウケるんやで」

　遥風は、またハンカチで目を押さえた。

　賢友が、そっと肩に手を置いてくれた。

　その温もりが、心の奥深くまで沁《し》みてきた。

第三話　夏の宵《よい》 老舗《しにせ》の教え胸に沁み

「どうかお願いします！　私を弟子《でし》にしてください」

斉藤朱音《さいとうあかね》は、ぽっちゃりとした身体《からだ》を二つに折り、頭を下げた。

「おかしな娘《こ》やなぁ。何べんも言うてるやないか。わては、ただの下足番《げそくばん》の爺《じい》さんや。弟子なんか取らん」

「お願いします」

朱音は、それでも食い下がる。

道行く観光客が、「いったい何事か」という顔つきで、のぞき込む。

「かんにんしてや。わてがあんたのこと、叱ってるみたいやないか」

「弟子というのがご迷惑でしたら、せめてそばに居させてください」

「あ〜ん、けったいな子やなぁ。仕事の邪魔や。さあさあ、帰ってや」

朱音が、甚吉《じんきち》に弟子入りを申し込んで、もう二月《ふたつき》になる。しかし、いくら頼み込んでも、取り合ってくれない。それでも朱音は諦めきれず、

「また伺います」

と言い、一礼をして「円山楼《まるやまろう》」をあとにした。

朱音は、「風神堂《ふうじんどう》」で社長秘書を務めている。銘菓《めいか》「風神雷神《ふうじんらいじん》」は進物《しんもつ》の高級ブ

ランドとして知られている老舗《しにせ》和菓子店だ。大手百貨店に出店し、銀座《ぎんざ》をはじめとして全国に、和と洋がコラボした高級カフェを展開している。就活生の間では、常に人気の企業だ。なのになぜ自分が採用されたのか、いまだに不思議だった。

小学校の頃から、「ノロマでダサイ」と言われ続けてきた。入社後に行われる現場研修はさんざんの結果で、どの部署の先輩たちからも呆《あき》れられた。

そんな自分が、まさか社長秘書を命じられるとは思ってもみず、毎日、右往左往して額に汗をかきながら懸命に働いている。

そんな中、この五月の葵祭《あおいまつり》の頃のことだった。

京極《きょうごく》社長のお供で、八坂《やさか》神社の近くにある料理旅館「円山楼」を訪ねた。江戸時代から続く老舗で、格式も値段も高いことで有名だ。朱音などがとても気安く入れる店ではない。

朱音は緊張して、座敷の隅で控えていた。食事をしながらの商談はことのほか上《う》手《ま》く進んだ。その話しぶりからして社長とお客様は、どうやらかなり前からの付き合いらしい。「斉藤さんの準備のおかげで、仕事は早《はよ》う済んだ。ちょっとお客様と昔話するさかい、一時間ほどしたら迎えに来てくれるか」と言われ、「かしこまりました」と答えて席をはずした。

しかし、この一時間をどうして過ごしたら良いものかと考えた。会社へ戻って仕事をするには時間が短い。玄関先まで来ると、なんだか賑やかな会話が聞こえてきた。修学旅行と思《おぼ》しき中学生五人と、紺色の法被《はっぴ》を羽織《はお》ったお爺さんが、楽しそうにしゃべっている。七十代半ば、いや八十近いかもしれない。襟《えり》には「円山楼」と染め抜かれていた。つい先ほど、玄関を上がる際に、京極社長から、「こちらは下足番の甚吉さんや。いろいろ教えてもらうとええ」と言われたことを思い出した。その際、

「ご冗談を。ただの下足番です」

と、甚吉は腰を低くして苦笑いした。

「よう覚えとき、斉藤さん。甚吉さんはなぁ、知る人ぞ知るおもてなしの達人なんやで。この人なくして『円山楼』はない、いうくらいのお人や」

「からかわんといてください」

下足番は、お客様の靴を預かって、下駄箱へ仕舞っておくのが仕事のはず。知る人ぞ知る、とはいったいどういうことなのか。

白いブラウスが眩《まぶ》しいブレザーの女の子が、声を上げた。

「わあ～すごく詳しい！」

「ホントだ」

と、二人の男の子も甚吉が渡した紙を手にして、指を差している。朱音は、思わ

ず近づいてのぞき込んだ。

それは、手書きのA4サイズの地図だった。真ん中にここ「円山楼」があり、この近辺、歩いて十分ほどで行ける範囲の飲食店やスイーツのお店がいくつも書かれていた。朱音はすぐに察した。どの店もリーズナブルな価格なのだ。左上に「修学旅行生のみなさん用」と書いてある。東山界隈《ひがしやまかいわい》には、目が飛び出るほど値段の高い店もある。中高生の予算でも支払えるところを厳選しているというわけだ。

女の子が言う。

「あっ！　この店のパフェ食べてみたかったんだ。でもさぁ、満員なんだろうなあ」

「行きたいんか？」

と、甚吉が尋ねると、みんなが一斉に「行きたい！」と答えた。すると、甚吉は胸元からスマホを取り出した。

「ご無沙汰《ぶさた》しております。『円山楼』でございます。お忙しいところ恐縮なんやけど、学生さん五名、今から行ってもろうても座れますやろか？　え？　空いてる⁉　そないしたら今から伺いますよって、よろしゅうお頼申《たのもう》します」

中学生たちは大喜びだ。

「すぐに行きなはれ」

と甚吉が背中を押すと、

「ありがとうございました」

と声を揃えて言い、玄関から通りへと飛び出して行った。

朱音は、首を傾《かし》げつつ尋ねた。

「あの～」

「なんでしたやろ」

「あの修学旅行の子たちは甚吉さんのお知り合いか何かですか？」

「表の通りに水を打ってたんや。そないしたら、スマホを手にしたあの子らが『どの店に入ったらいいかわからないね』て言いながら、キョロキョロして歩いてたさかい、呼び止めて中へ招き入れたんや。ようあることやさかい地図を渡して、ついでやさかい席の予約も取ってあげてなぁ」

朱音は驚いた。知り合いでも何でもない旅行者に、そこまでするなんて。

「すごいです、甚吉さん」

甚吉は、怪訝《けげん》そうな顔をして一歩後ずさりする。

「普通や」

「え？」

「そんなん普通のことやて言うてるんや。もうええか、これでもわては忙しいんや。ええっと、京極社長はんのお供の方やったな」

そう言うと、甚吉は下駄箱から朱音の靴を持ってきて、沓脱《くつぬぎ》の石の上に置いた。

そして、サッと靴べらを差し出す。

「え？　どうして私の靴がこれだとわかるんですか？」

それに答える前に、大きな宴会が終わったらしく、十五名ほどの人たちが奥の間から玄関へとやって来た。甚吉は、下駄箱から靴を取り出して、次々にお客様の前に靴を置く。朱音にはまるで、魔法を見ているかのように見えた。誰一人、お客様は名乗らないのだ。にもかかわらず、どれが誰の靴かわかっているらしい。

全員が帰ったあと、朱音は茫然《ぼうぜん》として甚吉の顔を眺めた。

「なんや、まだ何か用事か？」

朱音は、「風神堂」に入社して以来、ずっと悩んできた。どうしようもなく「のろま」で、南座前店ではいつも副店長の若王子《わかおうじ》に叱られてばかりだ。もっともっと精進《しょうじん》して、お客様に喜んでいただける接客ができないかと、そればかり考えてきた。それが、至らぬ自分を採用してくれた会社に対する恩返しだと。

「斉藤さん、こないなところで何してるんや。そろそろお暇《いとま》しよか」

「お客様は？」

「もう少し、寛《くつろ》いでいかはるそうや」

そう言い終わらないうちに、甚吉が目の前に京極社長の靴を置いた。

「ああ、甚吉さん、この前はたいへんお世話になりました」

「なんのことでしたやろ」

甚吉は、無表情に答える。

「私の靴から、あんまり良うない匂いがしたて言われましたでしょう。こっそりと耳元で」

朱音が首を傾《かし》げていると、京極が朱音の方に向き直って説明してくれた。

「甚吉さんが言うには、長いこと下足番してると靴の匂い一つで、その人の健康状態がわかるいうんや」

「いいや、そないな大袈裟《おおげさ》なことやあらしまへん。以前、総合病院の院長先生から伺ったお話をお伝えしたまでです。腎臓《じんぞう》や肝臓《かんぞう》の病気の疑いがあるお人は、体臭が強うなることがあるて」

「うん、それですぐに病院で検査してもろうたら、あれこれ数値が高めやて言われてなあ。会食が多いうえに、忙しさにかまけて運動不足やった。日頃の生活を改めたら、ほどなく正常値に戻った次第や。ほんま甚吉さんのおかげや」

「そんなん、普通です。おかげやなんて、やめてください」

朱音は、またまた驚いた。

「普通」……。それは、朱音が子どもの頃、「のろま」であるがためにクラスの子たちから疎《うと》んじられて悩んでいたとき、可愛《かわい》がってくれたお婆《ばあ》ちゃんから教えられたことだった。

「普通のことを、ちゃんとしていればいいよ」

始めは、「普通」なんて簡単だと思っていた。でも、これがなかなか難しい。就職してからも「普通」も「ちゃんと」も、なかなかできなくて悩み続けている毎日だ。なんのてらいもなく、「普通です」と答える甚吉が輝いて見えた。

朱音は、背を正して言った。

「あの、恐れ多いのですが、私を弟子にしていただけないでしょうか」

「はあ？　弟子やて？」

すぐそばで、京極社長がにやりと笑った。

「あはは。弟子やて？　面白いやないか。甚吉さん、えらいことになりましたなあ」

弥栄勇気《やさかゆうき》は、「グリル円山軒《まるやまけん》」京都本店の支配人をしている。

「グリル円山軒」チェーンは、戦後すぐに、老舗料理旅館「円山楼」の先々代の当主、つまり勇気の祖父が起こした洋食レストランだ。戦後、庶民は貧しい生活が続いた。そんな中、少しでも安くて美味《おい》しいものを、気軽にお客様に届けたいという思いでオープンさせた。そのため「円山楼」とは異なり、ハンバーグやシチューなどの洋食をメニューにしたと聞いている。

今では、関西一円に十店舗を数え、デパ地下の総菜コーナーにまで出店している。勇気は、東京の大学を卒業すると、すぐに「グリル円山軒」のセントラルキッチンで働いた。すばやく料理を提供するため、各店舗では簡単な調理を加えるだけでお客様に提供できるようにしているのだ。その後、大阪《おおさか》の難波《なんば》店、兵庫《ひょうご》の西宮《にしのみや》店で接客を学び、今は御所南《ごしょみなみ》にある京都本店で支配人を任されるようになった。

つい先日のことだ。

「円山楼」の女将《おかみ》をしている母親の多鶴子《たづこ》に呼ばれた。

「お父ちゃんと、ちょっとヨーロッパへ外遊してくるさかい、あんた『円山楼』のこと見ててくれるか。ほんの三週間ほどのことや」

お父ちゃんとは、勇気の父親で「円山楼」グループの十一代目当主兼社長である。夫婦揃って仕事の虫で、年に一度、新しいメニューの開発のため、世界中のレストランやホテルをめぐっている。

「え⁉　僕でええんか」

勇気は、母親の意外な言葉に驚いた。というのも、このところ気まずい関係が続いているからだ。「グリル円山軒」の売上を著《いちじる》しく伸ばすことに成功した。その勢いで、「円山楼」の経営も自分に任せてほしいと頼んでいた。ところが、「まだお前には早い！」と、両親から揃って一蹴《いっしゅう》されてしまった。「そんなら、もっともっと実績上げて、僕に任せたくなるようにしたるわ！」とタンカを切ってしまったのだ。

「お前もうちの会社に入って、もう十年や。そろそろ『円山楼』のことも勉強しとかなあかん思うてな。好きなようにやってみたらええ。うちの会社の本家本元やさかいに、気張りなはれや」

勇気は、飛び上がらんほどに嬉しかった。たしかに、「円山楼」の売上は「グリル円山軒」の比ではない。だが、各界の著名人がご贔屓《ひいき》で、なんと維新の立役者、伊藤博文《いとうひろぶみ》や山縣有朋《やまがたありとも》も逗留《とうりゅう》したと言われている。格式が違うのだ。

朝一番で両親を空港まで車で見送り、「円山楼」に着くと昼過ぎになっていた。

玄関を上がると、奥の大広間から、三味線《しゃみせん》を奏《かな》でる音が聞こえてきた。「祇園小唄《ぎおんこうた》」だ。

♪テン、テン、テン、トン、ツツツツツットントゥン……

〽月はおぼろに東山
霞《かす》む夜毎《よごと》のかがり火に
夢もいざよう紅ざくら

大広間をのぞくと、舞妓たちが、ちょうど踊り終えたところだった。思わず拍手をする。

母親から聞いていた。両親の帰国予定日である八月八日の夕刻、すぐ近くの円山公園音楽堂でジャズと祇園甲部《ぎおんこうぶ》の舞妓のコラボイベント「祇園ジャズフェス」が開催される。円山公園音楽堂は、円山公園内にある野外音楽施設で、ステージは東山《ひがしやま》連峰《れんぽう》に繋《つな》がる森の緑に囲まれている。夏は、青空の下、セミの声が響き渡り、近くの寺の鐘《かね》の音も木霊《こだま》するという珍しい環境だ。

当日、「円山楼」は、ミュージシャンや音楽監督らの宿泊場所を引き受けていた。また、今日から昼間に、舞妓たちが舞のお稽古《けいこ》をすることになっているのだ。

勇気は誇らしく思った。もう何年かしたら、この歴史ある「円山楼」グループを継ぐことができるのだ。ただ老舗ゆえに、父どころか祖父の時代からの社員もいて、勇気はどの部署へ行っても「ぼんぼん」扱いされていた。跡継ぎの息子だからといって、チヤホヤされたくない。イベント当日までに、僅《わず》かな期間とはいえできるかぎり多くの成果を上げておかなければならない。

「ぼん、お久しゅうございます」

勇気は、背中から声をかけられて振り向いた。

「あっ、甚吉じい」

「女将が旅行の間、よろしゅうお願いします」

「僕の方こそ、よろしゅう頼むわ」

「へえ」

勇気は、正直なところ、この甚吉が大の苦手だった。

物心がついたときには、御所南に住んでいたので、「円山楼」に出かけることはめったになかった。それでも、小学校も高学年にもなると、学校へ提出しなければならない急ぎの手紙を持って、母親が女将を務める「円山楼」を訪ねることがあった。

そんな時、必ず玄関で甚吉に訊かれた。

「ぼん、お元気どしたか？」

「うん」

「それはようおした」

ただそれだけの会話だ。にこりともしないので、子ども心には取っつきにくく不気味な存在に思えて仕方がなかった。あれでよく、お客様を迎えられるものだと、反対に感心したものだ。

ずっと疑問に思っていた。下足番などという仕事、今の世の中に必要があるのだろうかと。こっそりと総務部の帳簿を調べて驚いた。なんと、甚吉は料理長とほぼ同じ給料をもらっているではないか。玄関先でお客様の靴の管理をするだけだというのに……。もし、自分が社長になった際には、高齢であることを理由に勇退してもらおうと考えていた。

「ぼん、急ぎの頼み事がありますんや」

着任早々、甚吉から頼み事をされるとは思わず、驚いた。少なくとも、頼りにされるのは悪い気分はしない。ずっと「ぼん」「ぼん」と呼ばれてきたが、少々見下されているような気がしていたからだ。

「はい、何でも」

「駐車場の出入口の側溝《そっこう》、コンクリートが割れてましてなぁ。もしものことがあるとあかん。そいで工事屋さんに以前から修理を頼んであるんやけど、忙しい言《ゆ》うて、なかなか来てもらえまへんのや。女将に頼もう思うてたところが留守やさかい、ぼんから『もう待てへん、なんとかしてや』て言うてもらいたいんです」

「なんや、そないなことかいな。お安い御用や、任せときぃ」

「へえ、お願いします」

　勇気は、その足で駐車場へ向かった。

「どこやどこや」と、うろうろする。しばらくして、側溝《そっこう》の一部にひびが見つかった。どんなことかと思いきや、たいしたことはなさそうに見えた。「もしものこと」などと言うが、心配し過ぎだ。

　それより今、大切なことは、「祇園ジャズフェス」を無事に成功させることだ。もう一度、舞妓さんたちの稽古をのぞきに行こうと、玄関に戻ると、
　カーンッ、カーンッ
　と、裏手から大きな音が聞こえてきた。

「なんや、この騒音は？」

　と、顔をしかめる。それを見た甚吉が、何事もなかったかのような顔をして言った。

「ああ、裏手の東山観光ホテルさんの改装工事や思います。しばらくの間、ご迷惑をおかけしますて、先日、ホテルの偉い方と建設会社の責任者さんがご挨拶に来られました」

「なんやて、舞妓さんたちがお稽古してはるときに、困るやないか」

「それはそうなんですけど、こういうことはお互い様やさかい」

「ちょっと文句言うてくるわ」

甚吉が何か言うのが聞こえたが、勇気はそれを無視して、再び外へと飛び出した。


このところ、寄る年波に腰や肩が痛む。

甚吉が「円山楼」に奉公して、早半世紀《はや》以上が経つ。そろそろ引退したいと思うのだが、女将が辞めさせてくれない。「ぼん」が社長の後継者として立派に育つまで、見守ってほしいと懇願《こんがん》されている。今回、社長と女将が旅行に出かけるに際して、「厳しゅう鍛《きた》えてやってな」と頼まれてしまった。

「ぼん」は「やる気」はあるのだが、どうも空回りしている節がある。「働く」ということに対して、大切なものが欠けているのだ。はたして、わずか三週間ほどで、何を教えられるというのか。そのことを考えると、出るのは溜息《ためいき》ばかりだった。

甚吉は、昼の食事のお客様をすべて見送ったあと、近くのスーパーマーケットへ出かけた。キャンディを買うためだ。これが存外役に立つので、ポケットに切らさないようにしている。子ども連れのお客様はもちろん、「コホン」と一つ咳払《せき》いをした方にも「もしよろしかったら」と手渡す。店周りの掃除をしていると、よく道を聞かれる。外国人観光客や修学旅行生が多い。「お気を付けて」と言う際にも、「どうぞお一つ」と渡す。たったそれだけで、相手は笑顔になる。

　菓子のコーナーで新商品の飴《あめ》を物色していると、聞き覚えのある声に振り返った。「風神堂」の京極社長の秘書の斉藤朱音という女性だ。

　とにかく、しつこくて参っている。ときどき、ふらりとやって来ては、玄関の門のところから中をのぞき込む。いや、正確に言うと、甚吉の様子を窺っているのだ。監視されているようでたまったものではない。知らんぷりを決め込むものの、目が合ったが最後、スタスタッと近づいて来て頭を下げる。

「弟子にしてください」

「もうええかげんにしなはれ」

　と追い返すも、最近ではそれさえも面倒になってしまった。

　その朱音が、七十代の白髪の女性が座る車椅子を押している。きっと、お婆さんの付き添いでやって来たのだろう。なかなかの孝行者だと感心した。ところが、朱音は背が低いので、高いところの商品に届かない。一番上の棚の玄米コーンフレークを取ろうとしているらしい。

女性が、申し訳なさそうに言う。

「もうええわ、チョコ味でも何でも……」

「あと少しで……」

そう言い、ピョンピョンと跳ねて取ろうとしている。甚吉は見るに見かねて近寄り、手を伸ばして取ってやった。すると、二人から同時に、

「おおきに」

「ありがとうございます」

と、見上げて礼を言われた。

「あっ、甚吉さん」

「こないなところで、君と会うとはなあ。お婆さん、ケガでもしはったんか」

「え⁉　……どうなのかな」

「どうなのかなて、妙な子やなぁ。なんでわからへんのや」

するとと、女性が、

「一人で買い物に来たんやけど、このお嬢さんが入口のところで声をかけてくれはったんです。お手伝いしましょうかって」

と、甚吉を見上げて微笑んだ。

「なんやて？　君のお婆ちゃんやないんか？」

とんだ勘違いをしてしまった。なんと優しい娘なのだろう。その後、甚吉も付き添って、一緒に店内を回った。レジを済ませて店の外へ出る。

「一人で帰れますから、ここでええです」

と言われたが、朱音と二人で女性の家まで五分ほどの道のりを送り届けた。

「失礼します」と言って歩き出す朱音を、甚吉は呼び止めて言った。

「いつでも遊びに来たらええ。美味しいお茶とお菓子、用意しとくさかい」

朱音が、まるでヒマワリのように笑った。

「え⁉　弟子にしていただけるんですか」

「いいや、弟子やない。友達や」


「あほぬかせ！」

皆川心哉《みながわしんや》は、怒鳴られて首を引っ込めた。こんなことが、日に何度もある。

「なんで迂回《うかい》せんとあかんのや、俺の家はこの先なんやぞ」

「申し訳ございません。何卒《なにとぞ》、ご協力ください」

心哉は、交通誘導員の仕事をしている。以前は、文具店を営んでいた。ところが、少子化で頼みの綱の小学校への納入が大幅に減ってしまった。やむなく店を畳むと、借金だけが残った。

妻は、スーパーのレジで働いてくれている。自分もとにかく日銭を稼がなくてはならない。窮状《きゆうじよう》を心配した建設会社に勤めている友人が、交通誘導員の仕事を紹介してくれた。「簡単な仕事や」と言われて引き受けたものの大間違い。こんなにもしんどいとは思いもしなかった。

七月の京都は、まるでサウナだ。照り付ける太陽の下で、立っているだけで精一杯。その上、歩行者や車のドライバーから、罵声《ばせい》を浴びせられる。

「看板が小そうて見えへんかったんや、もっと大きいもん立てとかんかい！」

「迂回やて⁉　ガソリン代余計にかかった分、どないしてくれるんや」

など、理不尽《りふじん》な言いがかりが多いことに驚く。昨日などは、

「『申し訳ございません』やて。そないに思うてるんなら、もっと申し訳なさそうな顔して謝らんかい！」

と怒られてしまった。たぶん、みんなこの暑さで、イライラしているのだろう。

一番辛いのは、知り合いに会うことだ。以前、取引をしていた問屋の営業マンから、車の窓を開けて声をかけられた。

「皆川さん！　そうや、皆川さんですよね」

「……」

「こないなところで、何してはるんです」

そんなことは、見ればわかるはずだ。納入ミスがあったとき、「一度だけですよ。今度、間違ったら、取引止めさせてもらいますからね」と言ったのを根に持っているに違いなかった。この時はあまりにも惨《みじ》めで、本当に泣きたくなった。

それでも、この世の中、悪いことばかりではない。娘が信用金庫に就職し、仕事に打ち込んでいるのだ。誰の血を引いたのかわからないが、なんと京都大学を卒業している。いっとき、就活が上手くいかなかったときには心配したものの、毎朝、元気に出かける様子を見ると、自分も「頑張らねば」と思う。

「音がうるさいんやけど、なんとかならへんの？」

「え？」

「音や、音……カンカン響いてるやろ」

「申し訳ありません。今、工事の方の責任者を呼んで来ます」

「もうええ、すぐそこの『円山楼』のもんや。お客様の迷惑になるさかい、もっと静かに工事するよう言うといてや」

「は、はい」

苦情を言いに来た若い男性に、お辞儀をして見送って顔を上げると、クラッと目眩《めまい》がした。

「あかん、水や水や」

本部の上司から、頻繁《ひんぱん》に水分補給をするように言われている。日陰に移動し、水筒の水を流し込んだ。しかし、日向《ひなた》に戻るとすぐに全身から汗が噴き出した。頭はボーッとしてはいるが、なんとか立ってはいられそうだ。これ以上、妙な人が現れないことを祈って、心哉は元の位置に戻った。

朱音は、京極社長にあきれたという顔つきで言われた。

「ほんま、どこも出かけへんのか?」

「はい『円山楼』の甚吉さんに弟子入りしてきます」

なぜか甚吉が、弟子入りを認めてくれた。そこで朱音は、お盆前に取れることに

なった夏休みの一週間、甚吉の下で働くことにした。京極社長を通して、旅行中だ

という「円山楼」の女将にも承諾をもらうことができた。これで心置きなくおもて

なしの勉強ができると思うと、嬉しくて仕方がない。

「どないや、美味しいやろ」

「はい、ほっぺたが落ちそうです」

甚吉を訪ねるなり、入口の脇にある下足番控室で、お菓子をご馳走してくれた。寺町にある「村上開進堂《むらかみかいしんどう》」のオレンジゼリーだ。丸ごとのオレンジの中身をくりぬき、そこへオレンジゼリーを詰め込んである。冬季は、紀州みかんを使って拵えたゼリー「好事福盧《こうずぶくろ》」が人気だ。

「さて、おやつも済んださかい、ちびっと出かけよか」

「どちらへ？」

「付いて来たらわかる」

甚吉に言われるまま、朱音は用意してあったクーラーボックスを担ぎ、玄関を出た。それにしても、重い。

「やっぱり無理やな。今日は多いさかい、台車に載せて行こ」

いったい何が入っているのだろう。道の先には、陽炎《かげろう》が立っている。梅雨《つゆ》が明けて以降、京都の街は「暑い」というより「焦げる」という感じが相応《ふさわ》しい。あっという間に、汗が噴き出してくる。

「円山楼」の裏手へぐるりと回ると、ちょうどトラックが、工事中の東山観光ホテルに入っていくところだった。それと入れ替わりに、廃材を山盛りに積んだトラックが出て来た。交通誘導員が、こちらを見て叫んだ。

「すみませ～ん。危ないので脇に寄ってください！」

案内板には、「通行止め　この先、工事中のため迂回にご協力ください」とあり、迂回路の地図が表示されている。道幅が狭く、かつ、工事車両が頻繁《ひんぱん》に出入りすることから、日中のみ通行止めになっているらしい。

トラックが出て行くと、甚吉が手を振った。

「皆川さ〜ん」

「あっ！　いつもお世話になります」

「今日は、友達の朱音ちゃんも一緒や」

「友達？」

皆川と呼ばれた交通誘導員が、ポカンと口を開けている。朱音は、慌てて首を振った。

「いいえ、友達じゃありません。弟子です」

「そないなことはどっちでもええ。朱音ちゃん、クーラーボックス渡してや」

「は、はい」

「甚吉さんに、毎日、冷たいお水を差し入れしてもろうてるんですよ。『円山楼』さんの井戸水は美味しゅうてたまりません。私たちは、ご近所に迷惑かけ通しやいうんに、こないに親切にしてもろうて感謝してます」

朱音がクーラーボックスのふたを開けると、びっしりと五百ミリリットルのペットボトルが詰め込まれていた。どうりで重いはずだ。そこへ、ヘルメットを被った年配の男性が近づいて来た。どうやら現場監督のようだ。

「甚吉さん、ほんまおおきに。今日もみんなでいただきますわ」

「なんもたいしたことやない。それからなぁ～武藤《むとう》さん、明日からちょっとの間、この朱音ちゃんが持って来るさかい、よろしゅうに」

「え⁉　私がですか？　……嬉しいです」

「あはは、この暑い中、嬉しいやなんてけったいな娘やなぁ」


勇気が調理場をのぞくと、料理長の山岡《やまおか》と若い女性が立ち話をしているのが目に入った。たしか名前は、斉藤……朱音とかいった。昨日、甚吉から「『風神堂』の社長秘書さんで、うちの店で研修してもらうことになりました。女将には報告済みです」と聞いていた。女将がいいと言うのなら、何も言うことはない。自分が店を任せてもらっている間に問題さえ起こさなければ。

その朱音が、ザルに山盛りのカットしたレモンを手にしている。思わず、

「それどないするんや」

と、問い詰めるような口調で訊ねた。朱音の代わりに、山岡料理長が答えた。

「甚吉さんから頼まれましたんや。この娘のほしいもん融通《ゆうずう》してやってくれて」

「なんや、それは料理の材料やろ」

「へえ。うちの井戸水に絞り落として、レモン水を作りますんや」

「どないするんや、そのレモン水」

今度は、朱音が答える。

「はい、東山観光ホテルの工事の皆さんにお届けするんです」

「なんやて！　あほかいな。隣のホテルやで。いわばうちのライバルや。工事の騒音やら通行止めで、うちの店はえらい迷惑をこうむってるいうんに、なんで敵に塩を送るような真似《まね》せんとあかんのや」

山岡料理長が、

「すんまへん。そやけど敵に塩を送るという言い方は……」

と、眉《まゆ》をひそめたので、

「かんにん、言い過ぎや。そやけど、そこまでせんでもええやろ」

と、勇気は言い返す。空気が読めないのか、朱音が微笑《ほほえ》みながら答える。

「甚吉さんがおっしゃったんです。商いをするのに、ご近所と仲良くすることを忘れてはいけない。いざという時、助け合う必要があるから、日頃からどうしたら周りの人たちのお役に立てるかを考えるのが大切だって。それで、私に任せるから、好きにやってみなはれって……」

甚吉の名前を出されると、どうにも弱い。母親である女将から全幅《ぜんぷく》の信頼を得ている古株《ふるかぶ》だ。勇気は不満ながらも、

「好きにしぃ」

と吐き捨てるように言い、厨房《ちゆうぼう》を出た。なんでみんな「甚吉、甚吉」と持ち上げるのだ。たかが、下足番ではないか。勇気は心の中で、呟いた。

(もし俺が跡を継いだ暁《あかつき》には、まっさきに甚吉をリストラしてやる)

心哉は、お昼の休憩を心待ちにしていた。もうすぐ、交代要員が来てくれる。仮設のプレハブだが、エアコンのよく利いた作業事務所を使わせてもらえるので、大助かりだ。そこで一服すれば、午後からの仕事の英気を養うことができる。

そして、このところの楽しみがもう一つ。

「円山楼」の朱音が、お水を差し入れに来てくれることだ。小柄で、ぽっちゃり。汗を流して、エイコラエイコラと台車を押してやって来る姿を見ると、「よし！頑張ろう」という気持ちが湧いてくる。

まさしく、地獄で仏、いや天使に会ったような気分だ。工事の作業員たちも、心

待ちにしている。さらに昨日は、大きなサプライズがあった。朱音ちゃんが届けてくれたお水を一口飲んで、びっくりした。レモンの香りがしたのだ。それだけではない。「これ冷蔵庫に入れておいて、皆さんで三時にでも召し上がってください」と、タッパーウェアを渡された。中にレモンの蜂蜜《はちみつ》漬けが入っていた。疲労には、クエン酸の摂取が効き目がある。本当にありがたい。

心哉は高校生のとき、野球をやっていた。とても甲子園には程遠いチームだったが、真夏の練習はきつくて逃げ出したくなった。そんな時、部員たちのアイドル的存在だったマネージャーが、家で作って来たレモンの蜂蜜漬けを食べさせてくれたのだ。実は、そのマネージャーが今の妻だった。

朱音と、当時の妻の姿がダブって見えた。そう、朱音は、工事現場のアイドルなのだ。現場近くの会社の従業員に、こんな心遣いをしてもらったのは初めてだ。感謝の気持ちがあふれて、目頭が熱くなる。

時計を見ると、午後十二時三十分。

今日は、今年最高の暑さらしい。もう昼の休憩時間は過ぎているが、交代要員が来るのが遅れていて、休憩することができない。心哉は頭がボーッとしてきた。口の中も渇いて、唾《つば》さえ出てこない。

「申し訳ないっす、前の現場でちょっとトラブって」

ようやくのこと、交代要員の若い男の子が、道の角から走って現れた。

「じゃあ、よろしく」

心哉は、よろよろと作業事務所へ向かった。建物に入ると、ムッとした熱気に襲われた。息ができない。慌てて、外へ出る。そこへ、現場監督の武藤がやって来た。

「皆川さん、かんにんや。事務所は使えへんのや」

茫然《ぼうぜん》としていると、後ろから声がした。

「あのう……どうかされたんですか？」

心哉が振り返ると、朱音ちゃんが二人を見上げるようにして立っていた。

「事務所のエアコンが壊れてしもうたんや」

朱音は、額の汗を手の甲で拭いながら言う。

「それはお気の毒です。午後から四十度近くになるって天気予報で言ってました。それでレモン水、急いで追加で作って持って来たんです」

台車には、クーラーボックスが載っている。

「作業員のみんなには、工事中のビルの隅っこで食事してもろうてる。皆川さんも特別に許可するさかい、付いて来てや。朱音ちゃん、クーラーボックスは夕方返しに行くさかい貸しといてな」

心哉は、武藤のあとに従い、ビルの中へと入った。

何か様子が変だ。何人かが、床に寝ている。眠っているというわけではない。ぐったりとしているのだ。武藤がみんなに声をかけた。

「どないしたんや、みんな？」

いつも、気さくに声をかけてくれる班長の山本が武藤に訴える。

「監督、熱中症みたいです。それも一人や二人やあらへん」

「なんやて！」

「よう水分摂るように言うてはいたんやけど、今日の暑さは異常やさかい」

心哉は、横たわっている作業員に駆け寄ろうとして、目の前が真っ白になった。

膝を折るようにして、その場にしゃがみ込む。武藤の声がした。

「皆川さん！　大丈夫か？」

気持ちが悪い。吐き気もする。フッと遠のいていく意識の中で、自分の顔をのぞき込んで名前を呼ぶ朱音の顔が見えた。

「皆川さん、皆川さん！」

勇気は、若い女性の叫び声に気付き、何事かと玄関へ向かった。すると、朱音と年配の作業服を着た男性が、同じく作業服の男性を両脇から抱えて立っている。

「どないしたんや？」

朱音が、答えた。

「熱中症みたいなんです。お水をお願いします！」

勇気は、仲居頭《なかいがしら》を呼び、冷たい水を持って来させた。二人は、ぐったりとしている男性を上がり框《がまち》に横たわらせる。勇気は顔をしかめて、思わず口に出た。

「ああ、汚れる」

汗まみれ、埃《ほこり》まみれなのだ。そう言ってから、少々まずかったと反省し、

「気にせんでええ、拭けばええだけや」

と上書きするように言った。そこへ、甚吉がやって来た。

「どないしたんや、武藤さん、朱音ちゃん」

どうやら、甚吉は、作業服の男性らを知っているらしい。甚吉が言う。

「こちらは工事中の東山観光ホテルの現場監督さんや」

「うちの作業員が大勢、熱中症に罹《かか》ったみたいなんや。救急車をすぐに呼んだんやけど、この異常な暑さやさかい、あちこちから同じような救急搬送の依頼が相次いで、救急車が出払ってるて言われて、いつ来られるかわからへんのです。本社にも連絡して相談したんやけど、救急車が来るのを待つしかないと言われて」

「それはたいへんや」

と、勇気が答える暇もなく朱音が訴えてきた。

「お願いします。まだ何人もビルの中で苦しんでおられるんです。救急車が来るまで、お座敷で休ませてあげてもらえないでしょうか」

「なんやて、お座敷やて！」

とんでもない。夜には大きな宴会の予約が入っている。それに、もう少ししたら泊まりのお客様が到着される時間だ。

「あかんあかん」

「お願いします！」

勇気が答える前に、甚吉が応じた。

「よっしゃ、わかった！　お座敷に急いで布団を敷かせまひょ。ええですな、ぼん」

「え？　……女将のおらへんときに、そないなこと……」

「何言うてはるんですか！　人の命に関わることや。腹くくりなはれ」

たしかに、命に勝るものはない。勇気は、現場監督と一緒に、具合の悪い作業員の身体《からだ》を抱きかかえ、大広間へと運んだ。

しばらくすると、工事現場へ引き返した朱音が、作業員らを誘導して体調の優れない人たちを次々に「円山楼」へと案内して来た。

仲居たちを総動員して、各部屋の押し入れから布団を運び込み、作業員らを寝かせた。厨房の料理人も仕事の手を休め、氷枕と冷たいおしぼりを用意してくれた。結局、「円山楼」は少しでも体調の優れない者すべてを受け入れ、総勢二十名ほどが座敷で枕を並べることになった。

勇気は、大広間をこんなことに使うことに、まだ躊躇《ちゆうちよ》していた。玄関には、たくさんの安全靴が脱ぎ捨てられ、埃《ほこり》だらけだ。それどころか、何人かは靴のまま広間に運んだので、畳の上に脱がせたままの靴が転がっている。

「あ！　なんや襖《ふすま》に穴が空いてるやないか！」

江戸時代の有名な画家の水墨画だ。

しかし、誰も勇気の声に耳を傾けようとしない。

ここまでする必要があったのだろうか。玄関先や、廊下に寝かせるだけでも充分だったのではないか。これが救命措置だとしても、本来は東山観光ホテルの社長や建設会社がすべきことではないか。

朱音が指揮を取り、テキパキとみんなに指示をする。

「エアコンをがんがんかけてください」

「服を脱がせてあげてください」

「それから氷か保冷剤を、腋の下と両足の付け根に当てて冷やしてあげて！」

いったいどうしたことか。それまでの朱音の印象は、動きが緩慢《かんまん》で口数も少ない女性だったはず。それがまるで別人のようではないか。

甚吉が連絡した掛かり付けの医者がようやく来てくれた。同行の看護師と、一人ひとり容態《ようだい》を見て回る。しばらくして、遅れに遅れて救急車がやって来た。

「ぼん！　救急車の人、お迎えしてや」

「は、はい」

勇気は、玄関へと駆けた。


甚吉は、パリに滞在中の女将に、ことの次第を報告した。

「それで、みなさんご無事どしたんか？」

「へえ、念のためにと、病院の方に五人ほどの方が入院されましたが、たぶん二、三日で退院できるやろうとのことです」

「そうか、あんたがいてくれて助かりましたわ。勇気はまだまだあきまへんなあ」

「いえいえ女将、まだお若いですから、これからやと思います。急がんと育てていかれたらええ思います。わても、ぼんくらいの年の頃は、恥ずかしいことばかりしてました」

「ほんまや、うちも同じや。そやけど、朱音ちゃんはまだ二十代やろ。たいしたもんや。勉強熱心やし、甚吉の下でますます磨きがかかりますなあ。それにしても、なんで救急措置《そち》のこと、そないにテキパキと指示でけたんや？」

それは、実は甚吉も不思議に思い、朱音に尋ねていた。

「へえ、なんでも秘書業務の研修を受けに行って、そん時の科目の中にあったんを覚えてたそうですわ。素早い適切な措置のおかげで、大事《だいじ》にならんと済んだて、病院の先生が言うてはったそうです。そうや、そうや。女将と社長が帰国しはったら、東山観光ホテルの社長はんがお礼に伺いたいて言うてはりました」

「うちの留守中のことや。みんなのおかげや。ところで勇気のことで、甚吉に一つお願いしたいことがあるんやけど、引き受けてくれますやろか？」

「なんでっしゃろ」

甚吉は、女将の話を神妙《しんみょう》な面持《おもも》ちで聞いた。引退を考えているというのに、面倒を抱えることになったと溜息をついた。


勇気は、緊張していた。

明日は、いよいよ「祇園ジャズフェス」の開催日だ。ジャズ界の大物ミュージシャンや音楽、舞台の監督らが、「円山楼」に投宿することになっている。一人ひとり出迎え、できるかぎりのおもてなしをしようと思っている。

「ぼん」

そう言われて振り向くと、甚吉だった。その後ろには朱音が立っている。

「ぼん、お忙しい思いますけど、ちびっと付き合うてもらえまへんか?」

「どこへや?」

「朱音ちゃんと、甘いもん食べに行きますんや。ぜひ、ご一緒に」

「何言うてるんや、これから大切なお客様をお迎えせなあかん」

甘いもんやなんて、いったい何を考えているのか。今日がどれほど大切な日か、理解していないのではないか。

「もちろん承知してます。玄関で、お客様をお出迎えするんはわての仕事。まだ時間には充分余裕があります。それまでにはちゃんと戻って来ますさかい」

「二人で行って来たらええ」

「これは女将の指示やさかい、一緒に来てもらわんとあかんのです」

甚吉は、今まで一度も見せたことのない、鋭い目つきで言った。

「え⁉　女将の?」

甚吉は、自分が言う通りにならないと、すぐ女将の名前を出す。不服ながらも勇気は、渋々、甚吉に従い靴を履いた。


勇気は、甚吉の後ろを付いて行く。

そのまた後ろから、朱音が付いて来る。

どうしても気が進まない。どうやら甚吉は、旅行中の母親と、頻繁に連絡を取っているらしい。とすると、昨日の騒ぎも母親の耳に入っているに違いない。店を任されたという立場から、襖に穴を空けてしまったことを、どう対処して報告するか悩むばかりだ。

四条通《しじょうどおり》を南座の方角へ歩く。

観光客で賑わう花見小路の一つ手前の道を左に曲がり、再び右へ左へ。祇園甲部のお茶屋が軒《のき》を連ねる。京都で生まれ育ったものの、ほとんど縁がない場所だ。自転車がすれ違うのさえもやっとの小路に入った。幾度か宴席に招かれたことがあるが、ここは初めて通る知らない路《みち》だ。一軒の京町家の前で、前を行く二人が歩みを止めた。

「ここです」

甚吉は、格子戸《こうしど》を開けると入って行く。お茶屋であることを記す鑑札《かんさつ》も、表札や看板さえもかかっていない。

「ぼん、早《は》よ入りなはれ。そやないと、朱音ちゃんが入られへんで」

「はい」

奥へ奥へと飛び石が続く。甚吉に促され、上がり框で靴を脱ぎ、襖を開ける。すると、目の前にはL字型のカウンターと丸椅子が六つ。その向こうの畳に富士額《ふじびたい》の女性が座っていた。歳は、還暦を過ぎた頃だろうか。いや、気品と佇《たたず》まいからして、もっと年が上かもしれない。

夏塩沢の着物に帯は紺色の流水模様。帯締めは薄い水色だ。

「多鶴ちゃんの息子さんやね。ずいぶん大きゅうならはって」

「え？……母のことをご存じなのですか？」

甚吉が勇気の方に顔を向けた。

「もも吉お母さんは祇園生まれの祇園育ち。昔は芸妓してはったんやけど、家業のお茶屋継がはってなあ。今は、衣替えして甘味処もも吉庵を商ってはるんや」

そのもも吉が、温かみのある微笑みを浮かべて言う。

「うちは、あんさんのオシメ替えたげたこともあるんやで」

「え？」

「ふふふ、嘘や、嘘」

「……」

「それでもあんさんが、幼稚園くらいの頃に一緒にお花見に出かけたことがあります。多鶴ちゃんが仕事が忙しゅうて日曜日も祭日もあらへんさかい、連れて行ってあげたんや」

「あ、あの時の……」

たしか、八幡《やわた》市の背割堤《せわりづつみ》の桜だったと思う。堤の斜面にシートを敷いて、何人かの女の人たちとお弁当を食べた。誰かが三味線を弾いていたような気がする。

「あんさん、そん時、うちが弾く三味線の伴奏で幼稚園で習《なろ》うたいう『犬のおまわりさん』のダンスを踊ってみせてくれたんやで。えろう上手やいうて、お姉さん方にたいそう可愛がられたもんや。あの頃から男前どしたなあ」

「そう言えば……」

勇気は、おぼろげながらにも思い出し赤面した。

「さあさあ、そこかけなはれ。すぐにうちの自慢の麩もちぜんざい、用意しますさかい」

いったん奥の間に下がったもも吉は、しばらくするとお盆を手に戻って来た。目の前に、藍色をした切子ガラスの平鉢が置かれた。絹のように細かな氷が円錐《えんすい》に盛られ、薄い黄色に染まっている。「麩もちぜんざい」と言われていたので、まさか氷菓《ひょうか》だとは思いもせず驚いた。氷のてっぺんには、富士山の雪のように練乳がかけられている。

「暑い日ぃが続きますさかいに、かき氷麩もちぜんざいを拵えてみましたんや。かき氷の下には、甘さを控えた冷たいぜんざいが敷いてあります。どうぞ、召し上がっておくれやす」

甚吉と朱音は、声を合わせるようにして「いただきます」と言い木匙を取った。

「ご馳走になります」

勇気も木匙を取り、一口含む。

「美味しい」

思わず声が出た。レモンシロップには蜂蜜がたっぷり溶かし込んであるようだ。鼻孔に爽やかな酸味がスーッと抜けて、幸せな気分に包まれた。市販のシロップではなく、本物のレモン果汁で作ってあるようだ。

「あ、この麩もち……」

朱音が、声を上げた。

勇気も気づいた。麩もちもレモンの香りがする。

「そうどす、絞ったレモンを麩もちに練り込んでみましたんや。細かく刻んだピールも入ってます。朱音ちゃんが、工事のお人らにレモン水を差し入れしはったて聞いたんがヒントになりましたんや。いかかどす？」

「はい、夏バテの身体に染みわたるようです」

勇気は、急《せ》かされるように木匙を運び、あっという間に平らげてしまった。小豆と氷とレモンが口の中で、絶妙のハーモニーを奏でている。不思議だ。つい先ほどまでこわばっていた心の芯が、やわらかくなったような気がした。

「それはようおした」

「そやけど、このぜんざいが美味しいと感じるのは、レモンの麩もちのせいだけやない思います。私は、『グリル円山軒』で和風スイーツのメニュー開発もしてます。関西圏の人気のお店のぜんざいは、ほとんど食べ尽くしました。もも吉お母さんの、この麩もちぜんざいはダントツです」

「えろう褒めてもろうて嬉しおす。そやけど、そんなんは『普通』おすえ」

「何をご謙遜を」

「いえいえ、ほんまのことや。普通どす」

花街の人というのは、これほどまでに謙虚なのだろうか。本心から言ったつもりなのだが、ひょっとしてお世辞に聞こえたのかもしれない。

「余所様《よそさま》のぜんざいのことは知らしまへん。そやけどうちは、少しでもお客様に喜んでもらえるよう、毎日、毎回、細かなことを気遣うようにしてます。あんこはすぐそこの、『吉田甘夏堂』さんから仕入れてますけど、そのまま使《つこ》うたりはしまへん。その日のお天気、例えば季節や気温、湿度に応じて塩や砂糖の加減を調整してますんや。塩梅《あんばい》いうことどすな。それだけやおへん。お仕事で疲れてはる方には、少〜し甘めにします。香りが立つように黒糖を加えたりもしますんや」

勇気は感心して、すっかり聞き入ってしまった。お客様の顔色まで見て取り、一人ひとりに合わせて味を調整するとは。とても、「グリル円山軒」のようなチェーン店では不可能なことだと思った。

「やっぱり、ちっとも『普通』やないやないですか」

「いいや、うちには『普通』どす」

ずいぶんと意固地《いこじ》な女性だ。勇気はこれ以上褒めるのはやめることにした。ところが、もも吉は話を続けた。

「なあ、朱音ちゃん。一つ訊いてもええか?」

「はい、もも吉お母さん」

「聞きましたえ。あんた、工事現場のお人らにレモン水やレモンの蜂蜜漬けを拵えて、届けはったんやそうやなあ。それは、あんたにとって特別なことなんか?」

「……いいえ、『普通』です」

どうも朱音は、もも吉と親しいようだ。それにしても、ライバルのホテルに飲み物を差し入れるなんて、それのどこが「普通」だというのか。いくら甚吉と女将が認めているからといって、「円山楼」の経費ではないか。勇気は不快になってきた。

「ふふふ、『普通』いうんはこの朱音ちゃんの口癖なんどす。うちもそれを真似して言うてみたんや。ところで、甚吉はんはどないや思う？」

「そやな、わても『普通』や思います」

　勇気は、イライラが募ってきた。

「そんなんやり過ぎや。そないなことしてる暇があったら、営業してお客様を一件取ってくるべきでしょう」

　その時だった。もも吉が一つ溜息をついたかと思うと、裾の乱れを整えて座り直す。姿勢がいいのに、いっそう背筋がスーッと伸びた。帯から扇を抜いたかと思うと、小膝をポンッと打った。ほんの小さな動作だったが、まるで歌舞伎役者が見得を切るように見えた。

「あんさん、勘違いしてはります」

「え⁉」

「あんさんの『普通』いうんは、ずいぶん程度の低いものなんどすなぁ」

　もも吉の問い詰めるような言葉が心に突き刺さった。勇気はさすがに、ムッとした。しかし、言い返す間もなく、もも吉が話を続ける。

「かんにんや、勇気さん。きつい言い方してしもうた。そやけどこれは、商いの心構えで大切なことなんや」

もも吉の表情が、再び穏やかになっている。

「ええどすか、よう聞いておくれやす。朱音ちゃんは最初、甚吉はんから工事の人らに、冷たいお水を届けるように頼まれはった。そのことだけでも、あんさんは『普通』やのうて『特別』や思うてるそうやけど、それはちょっと脇に置いときまひょ。頼まれた朱音ちゃんはなぁ、そこで考えたんや。工事の作業員の人らに喜んでもらうには、自分に何ができるやろうかてなあ。それで、思いついたんや。レモン水とレモンの蜂蜜漬けを持って行こうてな。ここが肝心なとこや。『もっと何かでけへんやろか』て、もっともっとと上を目指してるとなぁ、『普通』のレベルが変わってくるんや。そやから、朱音ちゃんにとっては、昨日までの『普通』と、今日の『普通』がまったく別物なんや。どうや、朱音ちゃん」

朱音が、まるで他人事《ひとごと》のように答える。

「難しいことは、よくわかりません。ただ私、何をしてものろまで不器用で、みんなに付いて行けなくて。子どもの頃からそれが辛くて……でも、亡くなったお婆ちゃんにいつも言われてたんです。『普通のことを、ちゃんとしていればいいよ』って。それをいつも思い出しながら仕事をしています。ただ、それだけです」

勇気は思った。

普通、普通っていったい何なんだ。

そんなのはただの言葉遊びではないか。レモン水はともかくとして、「円山楼」の広間に、汗まみれ埃まみれの作業員を上がらせるまでの必要はなかったのではないか。そのせいで、救急車が去ったあと、うちの店の従業員は、掃除やら遅れた料理の支度《したく》やらで、てんてこ舞《まい》だったのだ。それが「普通」などと言うのは、余所様《よそ》にカッコつけてるだけでやり過ぎなのだ。

「あんさん、まだ不服そうな顔してはりますなあ」

「え?」

心の中を読まれてしまったらしい。

「実はなあ、多鶴ちゃんに頼まれたんや。あんたに『円山楼』を継ぐために一番大切なことを教えてやってほしいてなぁ」

「え……母が?」

「ほんまは多鶴ちゃんが教えなあかんことやけど、肉親の話はなかなか耳に入らんもんや。それで、うちが頼まれたいうわけや」

ここでもまた、母親の名前だ。母親に甚吉と、代わる代わるに疎ましい。素直に、実績を認めてくれればいいのだ。

「あんさん、祇園祭の粽《ちまき》は知ってはりますなぁ」

何を言い出すのかと思ったら、粽のことを問うとはどういうことなのか。京都に生まれ育った者なら、知らぬ者はいない。祇園祭では山鉾《やまほこ》ごとに厄除《やくよ》けの粽が授与される。藁《わら》や笹《ささ》で編んだ物で、他の地域で一般的な五月の節句の粽とは違い、餅が包んであるわけではなく食べられない。これを軒先に掲げておくことで一年間、無病息災《びょうそくさい》のご利益《りやく》がある。「円山楼」でも軒下に、前祭《さきまつり》の山鉾巡行で常に先頭を行く「長刀鉾《なぎなたほこ》」の粽が掲げられている。

「そないしたら、そこに書かれている言葉も知ってはりますな」

「当たり前やないですか。『蘇民将来之子孫也《そみんしょうらいのしそんなり》』です」

愚問《ぐもん》過ぎて答えるのもバカバカしい。粽には、『蘇民将来之子孫也』と書かれた小さな紙切れが結わえられている。「そみんしょうらいのしそんなり」と読む。祇園祭の護符《ごふ》、つまりお呪《まじな》いの書かれたお札《ふだ》だ。

「『円山楼』の家訓そのものやと、幼い頃から両親に聞かされてます」

「それでは訊きまひょ。『蘇民将来之子孫也』とは、どないなことどす?」

勇気は、自慢《じまん》げに答えた。

「昔々のこと、貧しい姿をした素戔嗚尊《すさのおのみこと》が南海を旅したときの話やそうです。泊まる所がなくて困っていたとき、二軒の家を見つけたのです。まず最初に裕福だった弟の巨旦将来《こたんしょうらい》の家を訪ねて『今晩、泊めてください』と頼みました。しかし、にべもなく断られてしまった。仕方なく、今度は兄の蘇民将来《そみんしょうらい》の家を訪ねました。こちらはひどく貧しい様子やったそうです。にもかかわらず、『こんなところでよければ』と、温かく迎えてくれたのです。その真心を喜んだ素戔嗚尊は、翌朝、『これは感謝の気持ちです。表に貼っておきなさい』と言い、『蘇民将来之子孫也』と記した護符を授けたのです。その後、村に疫病が流行した際、巨旦将来を始めとしてみんな亡くなってしまったけれど、蘇民将来の家の者だけは、疫病から逃れられた……いう話です」

朱音が、間の抜けた声で言った。

「へえ、そういう意味があったんですね」

こんなことも知らず、老舗「風神堂」の社長秘書なのかと思うと呆れてしまう。

もも吉が、いっそうにこやかに言う。

「よう知ってはりますなあ」

勇気は憮然《ぶぜん》として、

「普通です」

と、先ほどのお返しをしてやった。

「さて、話はここからや。なんでそれが『円山楼』の家訓なんか、わからはりますか？」

「もちろんです。衣服など外見で人を判断してはいけない。お客様はどなたも平等におもてなししなさい、という教えです」

「残念ながら、半分正解、いや三分の一やな。まだその奥に深い意味があるんや」

「え？　三分の一ですって」

「あんさん、英語は得意どすか？」

「はあ、大学のときアメリカに留学してましたから、今も少しくらいならしゃべれます」

もも吉が、またまた訳のわからないことを言い出し、勇気は戸惑った。

「そないしたら、ホテルという言葉の語源は知ってはりますなあ」

「はい、ホスピスだと聞いたことがあります。旅に疲れ果てた聖地巡礼者や十字軍の兵士たちをもてなした施設のことで……」

勇気は、そこまで口にしてハッとした。ホテルは元々、ホスピタル（病院）とも同じ語源なのだ。

「それは西洋ばかりやあらしまへん。奈良時代に僧侶が病《やまい》の旅人のために作った『布施屋《ふせや》』いうんが、日本の宿の始まりやて言われてます。ええどすか、勇気はん。『円山楼』が『蘇民将来』を大切にしてはるいうんはなぁ、すべてのお客様を、病にかかったり、心が疲れたお人に対するような気持ちでおもてなしをしなさい、ということなんや」

もも吉の言わんとしていることが、ようやくわかった。旅館というのは、そもそも人助けから始まった仕事だと言いたいのだ。

「なんで、おやじもおふくろも、この歳まで教えてくれへんかったんですか」

「こういうことはなぁ、頭でわかってても意味がないんや。ぎょうさん仕事して、ぎょうさん失敗して自分で気付いていくものなんや。そやけど、たまたま今回、お隣の工事の方たちの熱中症騒動が起きた。多鶴ちゃんは、息子に教えるにはええ機会や思うて、うちに頼まはったいうわけや」

それでも勇気は、素直に受け入れることができない。理屈として頭で理解しても、心がついていかないのだ。

「旅館はボランティアとは違います。甚吉や朱音さんみたいなことしてたら、潰れてしまう！」

そう言い終えぬうちに、勇気は立ち上がり、椅子を蹴るようにしてもも吉庵を出た。苛立《いらだ》ちを抑えられず、さらに自己嫌悪に陥《おちい》った。

心哉は、少し早く現場に出勤し、昨日届けてもらったクーラーボックスを「円山楼」に返しに行くことにした。実はそれは口実で、朱音のために買って来たお礼のお菓子を渡そうと思ったのだ。

ところが、玄関先までやって来たもののひと気が感じられない。下足番の甚吉か、朱音が出迎えてくれるものと思っていたのに。

「おはようございます」

奥に向かって呼ぶようにして言うと、仲居さんが顔を出した。

「すみません、朱音さんはいてはりますか?」

「朱音さんなら今日は用事があるとかで、少し遅れるて言うてはりましたえ」

「あの～それでしたら、これをお渡しいただけますか?」

「かしこまりました。わざわざ、おおきに」

心哉は、クーラーボックスを渡すと、少々がっかりして玄関を出た。すると、遠くの方から、何やら騒がしい声が聞こえてきた。駐車場の方らしい。心哉は、その声に引かれるようにして向かった。

「どうするんだ!」

「間に合わんぞ！」

今日は、夕方から「祇園ジャズフェス」が開催される。

早朝から、音響や照明機器を円山公園音楽堂へ搬入して作業を始めることになっていた。それら機材の入った大型トラックは、「円山楼」の駐車場に停められていた。ところが、駐車場の出口からトラックが出ようとしたとたん、後ろの右のタイヤが側溝に脱輪してしまったのだ。

勇気は、騒ぎを聞きつけ、駐車場に駆けた。すると、舞台監督の他、コンサートのスタッフ五名ほどが集まり、トラックを見つめていた。

側溝にはまり込んだタイヤを見て、勇気は青ざめた。そこは甚吉から、「工事屋に早く修理に来てもらうように頼んでほしい」と言われていた、コンクリートがひび割れていた箇所だった。

昨日の夕方、急に黒雲が立ち込めたかと思ったら、前も見えないほどの夕立《ゆうだち》になった。きっとその時、東山の麓《ふもと》の斜面から流れ込んだ雨水が水鉄砲となり、ひび割れていたコンクリートを砕《くだ》いて押し流してしまったのだろう。それが原因で、側溝に面したアスファルトが脆《もろ》くなって崩れ、車輪が滑り落ちたらしい。

「おい、中の機材は大丈夫か？」

「おいおい、冗談じゃないぜ」

勇気がふと横を見ると、いつの間にか甚吉もやって来て側溝をのぞき込んでいる。

目が合った。

甚吉は何も言わない。

それが却って恐ろしく感じられ、動けなくなった。

なんで、すぐに修理してもらわなかったのか悔やんだ。

災いは重なる。ＪＡＦに連絡すると、あいにくレッカー車が出払っているという。

「こちらに来られるのは、午後になるそうです」

「なんだって！」

舞台監督の声が、駐車場に響き渡った。

「それじゃあ間に合わん。コンサートはどうするんだ」

スタッフの一人が、脱輪箇所を見て言う。

「なんでここだけ崩れたんだろう」

勇気は冷や汗が出た。監督が勇気に訴える。

「なんとかできませんか、『円山楼』さん」

「は、はい。ＪＡＦを待つしか……」

もうすぐ両親の乗った飛行機が、関西空港に到着する頃だ。今夜のコンサートを一緒に見る予定になっていた。「円山楼」は、舞妓のお稽古会場を提供したり、主要スタッフの宿泊場所に利用してもらったりと、コンサートの開催に大きく関わってきた。もし、中止にでもなったら、自分が責任を問われることは間違いない。

「あの～なんやたいへんなご様子のところ、すんまへん」

勇気は、声をかけられて振り返った。警備員の格好をした男性が立っている。

「なんですか？　今、取り込んでいるんです」

「いえ、クーラーボックスをお返しに上がったら、駐車場から騒々しい声が聞こえてきましたので……」

「ああ」

裏の工事現場の交通誘導員だと思い出した。朱音と親しげに話していた男性だ。

「あのう……なんとのうご事情は分かりました。もしよろしければ、現場監督に頼んで、工事の大型車両を貸してもらえるよう話してみましょうか」

「え？」

勇気が返事をする前に、すぐそばで聞いていた舞台監督が駆け寄って言った。

「お願いします。ワイヤーで引っ張り上げてほしいんです」

「はい、頼んできます」

「私も行きましょう」

舞台監督はそう言うと、交通誘導員の男性と共に駆け出した。

ほどなくダンプカーがやって来た。ちょうど資材の搬入に到着したところを、工事の現場監督がドライバーに頼み込んでくれたという。

勇気は、これで解決した、と安心した。ところが……。

「あきまへんわ、ここは出入口がL字のカーブになってるさかい、ワイヤーが真っすぐに伸びひん」

と、ダンプカーのドライバーが残念そうに言う。

「え、なんですって！」

舞台監督は、再び肩を落とした。

勇気は覚悟した。しかし、謝って済むことではない。側溝のひび割れを放置していたのは、紛れもなく自分の責任だ。コンサートが中止になったら、賠償金を請求されるだろうか。となると、金銭的なこと以上に、「円山楼」の信用に関わる問題だ。元の原因が駐車場の不整備によるものであることを、甚吉に黙っているように言い含めるべきだろうか。

「お～い、みんな連れてきたで」

駐車場のみんなが、声の方を見た。すると、十名ほどの作業服を着た男たちが駆けてくるのが見えた。先頭を切って走ってきた工事の現場監督が、勇気に言った。

「ダンプのドライバーさんから連絡をもらいました。力自慢の奴らばかりです。これだけ大人数やったら、トラックも持ち上がるんやないかと」

「おお、助かります！」

舞台監督が、現場監督に頭を下げた。慌てて、勇気もお辞儀をする。

「ええか～いくぞ～」

「ヨイショ！」

角棒をタイヤに差し込んだ。一斉に、作業員の声が響いた。スタッフも一緒にトラックを押す。

「もう一回や」

「ヨイショ!!」

かけ声は、前よりも大きい。しかしトラックはぴくりともしない。脱輪しているだけでなく、側溝にタイヤがぴったりとはまり込んでしまっているのだ。

「……ダメか」

舞台監督の溜息が聞こえた。沈痛な雰囲気が漂う。そんな中、腕組みをしていた工事の現場監督が、急に声を上げた。

「ちょっと待ってくれるか。要するに、トラックやのうて、中の音響やら照明の機材を『円山音楽堂』まで運べばええんやろ？」

「そうです」

と、舞台監督が答える。

「私たちが、一つひとつ運んだらどないやろ」

「え？」

「でも、かなりの重量があるし……音楽堂はすぐそこと言っても、二、三百メートルもあります」

「私たちは、重いもん持ち上げるのが仕事です。やらせてもらえへんやろか」

「助かります。でも、なんでそこまで……」

現場監督は、勇気の方を見て言う。

「『円山楼』さんには、つい先日、私たちの仲間を助けてもらいました。工事現場で横たわって、救急車が来るのを待っていたら、どないなっていたかわかりまへん。それだけやない。お座敷に布団《ふとん》まで敷いてもろうて手厚い看病をしてくれはった。救命士も病院の先生も、素早く適切な処置のおかげで大事にならずに済んだて言うてはりました。命の恩人なんです。私たちに、どうか任せていただけませんやろか」

作業員の一人が叫んだ。

「恩返しやで」

「そうや、恩返しだ！」

「やるで！」

次々に声が上がった。勇気は、涙ぐみながら深々と頭を下げた。

「ありがとうございます。どうかお願いします」


コンサートスタッフの指導の下、トラックから慎重に機材が運び出された。

「静かに静かにお願いします」

「了解です」

作業員たちが円山音楽堂へ向けて、機材のつめ込まれた段ボール箱をまるで仏像でも運ぶかのように慎重に運ぶ。驚くほど手際よく、二時間もしないうちにすべてが完了した。

段ボール箱を開けて中を確認する。緩衝材《かんしょうざい》で保護されているので、スピーカーもアンプも、すべて無事だった。

そこへ、朱音が台車を押してやって来た。

「あのう……今日は、いつもより遅くなってごめんなさい。ちょっと用事があって……。工事現場へ伺ったら、こちらに皆さんがいらっしゃるからお水を届けてあげてほしいって……」

勇気は、朱音に駆け寄った。

「朱音さん、さっきは、ほんま失礼なこと言うてかんにんしてください」

「失礼って、何ですか？」

勇気は、次の言葉が出ない。恨《うら》まれても仕方がないのに、朱音は覚えてすらいないというのか。現場監督が気付いて、声をかけた。

「おお、朱音ちゃん」

作業員たちが、一斉に朱音に駆け寄った。

「朱音ちゃん」

「朱音ちゃん、この前はありがとう」

「助かったよ！　朱音ちゃん」

あっという間に、朱音が汗だくの男たちに取り囲まれた。

「どうぞ皆さん、召し上がってください」

「おお、レモン水やな、みんないただこか」

「はい！」

紙コップが全員に配られる。

「あ～こないに美味しいもん飲めるなんて、幸せや」

そう一人が言うと、

「極楽《ごくらく》や」

「うんうん、極楽だ極楽だ」

と、みんなが相槌《あいづち》を打つ。現場監督が、朱音に尋ねた。

「なあ、朱音ちゃん。なんでこないに美味しいレモン水作れるんや？」

「え⁉　……なんでって言われても」

勇気は思わず口に出した。

「きっと、思いやりが込められてるんや思います」

朱音が首を横に振り、少し照れたような表情をして答えた。

「ううん、『普通』です」

（降参や。この娘にはかなわへん）

勇気は、瞳が熱くなり、湧き出るものを堪え切れなくなった。

心の奥底から、明日への力が湧いてくるのがわかった。

それは、間違いなく朱音と出逢《であ》ったおかげだ。

舞台監督が、大声でかけ声をかけた。

「みんないいか！　大幅に時間が遅れている。急いで、セッティングだ」

「はい！」

ようやく日が暮れた舞台の上で、舞妓たちが艶《あで》やかに舞を見せている。

♪テン、テン、テン、トン、ツツツツツットントゥン……
ジャンジャン♪
パーッ、パーッ♪

〽夏は河原の夕涼み
白い襟あしぼんぼりに
かくす涙の口紅も

♪テンツツ、テンシャン
パーパーッ、パッパッ♪
ジャンジャンッ♪
三味線とジャズバンドの共演に大観衆が聞き惚《ほ》れ、見惚れていた。

第四話　豆餅《まめもち》に想いを馳《は》せる夫婦愛

「摩訶《まか》般若《はんにゃ》波羅蜜多《はらみった》心経《しんぎょう》観自在《かんじざい》菩薩《ぼさつ》行《ぎょう》……」

ポックポック……

「おいっ」

「舎利子《しゃりし》色《しき》不異《ふい》空《くう》空《くう》不異《ふい》色《しき》色《しき》即是《そくぜ》空《くう》空《くう》即是《そくぜ》色《しき》……」

ポックポックポック……

「おい！　隠善《いんぜん》、聞こえてるんか？」

「なんや、おやじ」

「お前大丈夫かあ」

「うるさいなあ、不生《ふしょう》不滅《ふめつ》不垢《ふく》不浄《ふじょう》不増《ふぞう》不減《ふげん》是《ぜ》……」

ポックポックポック……

「……お経《きょう》唱えてるときに声かけんといてや、何か用か？」

「何がて、そのお経のことや。お前、いったい何時間唱えてるんや。頭、おかしなったんと違うか？」

「おやじに似て、元々悪いわ」

ポックポックポックポック……

「心配してやってるんやないか。度を過ぎると身体《からだ》壊すでぇ」

隠善は、父親の声を打ち消すように、さらに大きな音で木魚《もくぎょ》を叩《たた》いた。心の迷いを払い除《の》けようとするが、さらに大きくなるばかりだった。

ポックポックポックポックポック……ポクッ！　ポクッ！　ポクッ!!

隠善は、臨済宗建仁寺派大本山《りんざいしゅうけんにんじだいほんざん》・建仁寺の塔頭《たっちゅう》である満福院《まんぷくいん》で生まれ育った。

既に小学校のときの作文では、「大人になったらお坊さんになる」と書いていた。別に、父親の隠源《いんげん》から言い含められたわけではない。何の迷いもなく、自分は「寺を継ぐ」ものだと思っていた。

長い修行から戻り、副住職になったとたん、周りがうるさくなった。

法要に行くと、「次はお庫裏《くり》さん探しやなぁ」とあちこちで言われる。寺の台所のことを「庫裏」という。その庫裏を仕切る奥さんのことを「お庫裏さん」と呼ぶ。つまり、「早くお嫁さんをもらわんとあかんで」という意味だ。

お供えや法事の菓子を納めてくれている菓匠《かしょう》「吉鳳亀広《きちほうかめひろ》」の大女将《おおおかみ》は、顔を合わせるたびに「隠源さんに孫の顔を見せんとあかんで」と言う。ご時世が移り変わる中、今どき立派なハラスメントだ。しかし、こと寺を継ぐ立場の者としては、「ほっといてください」と答えるわけにはいかない。

寺は、本山からの預り物だからだ。

土地も建物も、住職家族の私有物ではない。地域の檀家《だんか》に支えられつつ、守り継ぐ役目を果たしているだけ。もし、隠善に次を託す子どもがいなければ、親類やどこかから養子を取らなくてはならない。それもかなわなければ、本山から新たな住職が派遣されてくる。

そうして、寺は数百年もの間、続いてきたのだ。

「吉鳳亀広」の大女将は、今までどれほど多くの見合い話を持ってきたことかしれない。そのたび、返事をはぐらかす。すると、「誰かええ人でもおるん？」と問いつめるように瞳をのぞき込んでくる。

正直、隠善は、もうこの恋に疲れ果てていた。いくら思いを寄せても、美都子《みつこ》は自分のことを「弟」としか見てくれない。

幼い頃から、ずっと近くにいて、年長のいじめっこから守ってくれた。隠善も、「美都子お姉ちゃん」と呼び、いつもそばにいる親しい存在だったから、仕方がない。それがあることをきっかけに、心に変化が生まれた。

忘れもしない、中学二年のときのことだ。

隠善はあろうことか、文具店「マル京」で万引きをしてしまった。一度ならず、三度も。その際、美都子はそれに気付き、こっそりと代金を立て替えてかばってくれた。しばらくして、隠善は気付いた。美都子にほのかに思いを寄せるようになったことに。不思議なもので、いったん意識し始めるとどんどん思いは膨《ふく》らんでいく。高校を卒業し、山寺に修行に入ったあともずっと心に秘め続け、それがどれほど修行の妨げになったかわからない。

美都子が、十年以上続いた悲恋にピリオドを打ったと知ったとき、正直、これはチャンスかもしれないと思った。

このところ、美都子と二人で休みのたびに、甘いもん巡りをしている。でも、それはデートではない。落ち込んでいる美都子を励ましたいという一心からだった。

「羯諦《ぎゃてい》羯諦《ぎゃてい》波羅《はら》羯諦《ぎゃてい》波羅《はら》僧《そう》羯諦《ぎゃてい》菩提《ぼじ》薩婆訶《そわか》〜般若《はんにゃ》〜心経《しんぎょう》〜」

チーンッ！

隠善は、一瞬、小さな溜息をついた。

「もう諦め時かもしれへんなあ」

ふと口に漏らし、ハッとして本堂を見回す。父親はもういないようだ。

もう何度目かわからない。再び、初めから経を唱え始めた。

美都子がタクシーの仕事から戻ると、もも吉庵《きちあん》にはいつもの顔ぶれが揃《そろ》っていた。L字型のカウンターの奥に、隠源と隠善。角の丸椅子には、ピクリとも動かずに眠るおジャコちゃん。そして、カウンターの向こう側の畳にはもも吉が座っている。

紺仕立ての糸目あげ蔦葡萄《つたぶどう》模様の着物に、帯は白地織りに柿ひとつ。グリーンの帯締めをしている。

「あっ、善坊《よしぼう》……やなかった隠善《いんぜん》さん。この前はおおきに、どのお店も美味《おい》しかったなぁ」

「う、うん美都子お姉ちゃん。美味しかったなぁ」

どうしたことか、隠善は気のない返事。どこか元気がないように見えた。美都子は、隠善の俗名《ぞくみょう》が「善男《よしお》」であることから「善坊」と呼び続けてきた。その都度《つど》、嫌な顔をするので、今日はわざと「隠善」と呼び変えたのだ。喜んでくれるものと思いきや、スルーされてしまった。

「『澤屋《さわや》』さんの粟餅《あわもち》、美味しかったなあ。いくつでも食べられるわ」

隠善に話しかけたつもりが、隠源がそれに答えた。

「ほんまや、いくつでも食べられるわ。美都子ちゃんは、こしあんの餅と黄な粉の餅とどっちの餅が好きや？　わては絶対、黄な粉や」

「粟餅所《あわもちどころ》 澤屋」は江戸時代、天和《てんな》二年（一六八二）の創業。北野天満宮《きたのてんまんぐう》一の鳥居前に店を構える門前茶屋だ。店内では、粟餅を搗《つ》く音が小気味よく聞こえて食をそそる。

「うちは、どちらも好きどす。隠善さんはどないや」

「うん、そやなあ……」

隠源が、法衣《ほうい》の懐《ふところ》に手を入れ、腕組みをして言う。

「そういう、はっきりしいひんところが、モテへん原因や思うで」

もも吉は、眉をひそめ、

「じいさん、何言うてますんや。何でもかんでもはっきり言うことばかりがええのと違う。『こしあんや』『うちは、黄な粉や』て言い張ることが、諍《いさか》いの因《もと》になるんや。新聞やらテレビ見てみぃ、人と違うこと認めんさかいに事件が起きますんや。うちは、隠善さんのそういうところ、好きやで」

と、反論した。

「なに言うてるんや、ばあさん。隠善は、優柔不断《ゆうじゅうふだん》なだけや」

「ミャウウ〜」

さっきまで眠っていたおジャコちゃんが、カウンターに足をかけて鳴いた。

「ほら見てみなはれ、うちの言う通りやておジャコちゃんも言うてる」

「そな、あほな」

美都子は、隠善に声をかけた。

「来週の日曜、また甘いもん食べに行こか?」

「う、うん……行きたいんやけど、日曜はあかんのや」

「なんや、檀家さんとこの法要か?」

何やら言いにくそうな顔をしている。隠善の代わりに、隠源和尚《おしょう》が答える。

「こいつ、ようやく観念してなぁ。お見合いするんや」

「え⁉」

美都子は一瞬、言葉を失った。それでも平静を装い、隠善に顔を向ける。

「なんや、そうやったんか。えらい急やなぁ」

「そうなんや。昔、修行してた信州《しんしゅう》の山奥の寺のご住職が病気で入院しはって、法要やら行事やらの人手が足りんで困ってるて聞いてな。それで恩返ししやと思うて引き受けたんや。それで三か月間、山に籠《こ》もりきりになるさかい、その前にいうことで早々に決まったいうわけや。美都子お姉ちゃんに隠してたわけやないんやで。バタバタしてて、どっちも急な話なんや。美都子お姉ちゃん、どない思う」

美都子は、なぜか心にさざ波が立った。それを、顔に出さないようにして答えた。

「ええんやないん?」

隠善の、落胆した様子が顔に出た。美都子は、そっけなく答えたものの、心の中に靄《もや》が立ち込め始めた。隠善のことは、「弟」としか思えない。今日は、「隠善」と意識して呼んだものの、いまだについ「善坊」と言ってしまう。しかし、このところ失恋で落ち込む美都子を、やさしく気遣いしてくれていることで、たしかに一歩、二歩と心の距離が近づいているように感じていた。

もし、今、隠善になり振り構わずプロポーズをされたら、どうするだろう。そんなことも、チラリと考えていた矢先のことゆえ、正直なところ考えがまとまらない。

「美都子お姉ちゃん。そう思うん？」

「お見合い初めてやろ、人生はいろいろ経験してみるのも大切や。それで相手はどなたなん？」

隠源が、いかにも上機嫌という表情を浮かべて言う。

「それがなあ、ちょっと気軽に会《お》うてみるか？　いう感じのお見合いと違うんや。うちの出入りの『吉鳳亀広』さんの大女将知ってはるやろ」

「へえ、なんべんかお目にかかったことあります。隠善さんに、いつもお見合い勧めはるお方や」

「それがなぁ、今度は違《ちご》うてるんや。大女将がお孫さんとお見合いさせたい言わはって」

「なんでまた」

隠善が自分でしゃべり始めた。

「それがようわからへんのや。大女将は、うちの寺にお饅頭《まんじゆう》届けに来はるたびに、縁側から庭を眺めていかはる。僕はただそばに座ってお付き合いしてるだけやのに……」

鎌倉《かまくら》時代に作られた枯山水《かれさんすい》の石や砂紋《さもん》の庭は、満福院の自慢である。どれほど眺めても飽きることはない。ここで、隠源和尚が口をはさむ。

「違うんや」

「え？」

「大女将のお目当ては、庭やないんや」

「え？　どういうこと隠源さん」

「隠善なんや」

美都子は、訳がわからず隠源と隠善を交互に見つめた。

「うちの隠善がなぁ、大女将が庭をボーッと眺めてはると、お抹茶《まつちや》を点《た》てて目の前にそっと置くんや。それで大女将の縦一畳くらい後ろに座って、一緒に庭を眺めてる。何も言わへん、何も訊かへん。この前なんか、二時間も二人して座ったままで、呆《あき》れたもんや。わては、気ぃが短いさかい、隠善に任せて席を外させてもろうた。あとで隠善から聞いた話や。しばらくすると、大女将が独り言みたいにしゃべ

らはるんやそうや。身体《からだ》のどこどこが痛《いと》うてたまらんさかい接骨院に通うてると
か、旦那《だんな》さんが物忘れ激しなられて認知症が心配やとか……そうや、良うない病《やまい》が
巷《ちまた》に流行《はや》ったときには、店が潰《つぶ》れてしもうたらどないしようとか」
　美都子は、隠善に尋ねる。
「隠善さん、それでどない答えるん？」
「答えるも何も、僕はなんも言わへんよ」
「相談に乗ってあげるんと違うん？」
「もも吉お母さんのところみたいに、悩み事の相談に来てはるわけやない。第一、
僕はお医者さんやないし、商いの経験もないさかい何もできひん。もも吉お母さん
みたいに、ぎょうさん苦労してるわけでもない。ただ、そばで相槌《あいづち》打つだけや」
「なんでそれで、大女将に惚《ほ》れられるん？」
　首を傾《かし》げる隠善の代わりに、隠源が答える。
「こいつ、檀家《だんか》さん回りしてても、そないなことがようあるんや。息子の嫁と、ど
ないしてもそりが合わんと難儀してるとか、隣に引っ越して来はった東京のお人
が、夜中に洗濯機回すさかい不眠症になってしもうたとか。それをなぁ、じっと聞
いてるんや。ほんま感心するわ。わてはそんなん付き合えへんさかい、隠善を残し
たままご無礼して帰ってくる。すると、檀家さんもようしたもんで『隠善さんだけ

置いていってくれたらええです』て言わはるんや。要するに聞き上手なんやろうなぁ。えらい人気なんやで。もっとも、相手は爺さん婆さんばっかりやけどなぁ」

もも吉が微笑《ほほえ》みを浮かべて話を受ける。

「よう言いますやろ。悩み事は人に聞いてもらうだけで、半分は解決するて。ようは心が半分軽うなるんやなぁ。隠善さんは、人が話をしとぉなる雰囲気を醸《かも》し出してはるんやろなぁ」

知らなかった。隠善が、檀家からそんなにも信頼が厚いとは。幼い頃の頼りないイメージが今も頭にあるので、美都子には想像もできない。

「小さい頃は、いつもうちの後ろ付いて歩いてたのに……」

「美都子お姉ちゃんの言う通りや、今も僕は少しも変わらへん。気が弱うて意気地《いくじ》なしや。そんな人間が、なんで檀家さんらに頼られるんかわからへん」

「ほんまや。隠源さんみたいに心が強うて博識で、なんでもござれいうお人のところに相談に行くならわかるけど」

その時だった。もも吉の眉《まゆ》が僅《わず》かに下がり、一つ溜息をついたかと思うと、裾《すそ》の乱れを整えて座り直した。背筋がスーッと伸びる。帯から扇を抜いたかと思うと、小膝をポンッと打った。ほんの小さな動作だったが、まるで歌舞伎《かぶき》役者が見得《みえ》を切るように見えた。

「美都子、あんた間違《まちご》うてますえ」

「え？　……」

「心の弱い人間やからこそ、人の気持ちがわかるんや」

　隠源和尚が大きく頷く。

「そうかもしれへんなぁ」

　もも吉が話を続けた。

「ええか、美都子。あんたは昔から何やらしてもでける子やった。お三味線《しゃみせん》知らん間に弾き始めたか思うたら、もっともっと上手になりたい言うて、自分でお師匠《っしょ》さん探して来て通い詰めた。舞妓《まいこ》のときも芸妓《げいこ》になってからも、努力して№1を目指した」

「うちは、頑張れば頑張っただけ実になる思うてやってきました。タクシーのドライバーになってからも同じや。右も左もわからへん世界で、先輩ドライバーさんに頭下げて勉強させてもらいました。そやから、たいていのことは、努力すれば乗り越えられるて思うてます」

「そこやそこ、そこなんや」

「そこって？」

　美都子は首を傾げた。隠善も不思議そうな顔をして、もも吉を見つめている。

「心の強い人はなぁ、心が弱い人の気持ちがわからへんのや。なんで、もっと努力せえへんのやろ、なんでもっと辛抱《しんぼう》でけへんのやろて上から物を見てしまう。自分ができるんやから、人にもでけると思うてしまうんや。そんな心の強い人には、心が弱い人は心の扉を開こうとはせえへん。どうせこの人に話しても、わかってくれへんやろうて思うてしまうんやろうな」

「そんな……」

美都子は、思ってもみない母親の言葉に唖然《あぜん》とした。隠善が苦笑いする。

「弱い弱いて、なんや僕、褒められてるんかけなされてるんかわからへんわ」

「もちろん褒めてるんや」

と、もも吉が笑った。美都子は、一つ心当たりがあった。

ちょうど今、悩みを聞いてあげたい、心を軽くしてあげたいと願っているお客様がいる。もう三月《みつき》も心を尽くし、寄り添おうとしているが、相手は心の扉を開けてくれない。それでも、もし悩み事で困っているのだとしたら、何か力になりたい。頃合いを窺い、母親のもも吉に託すべきかもしれないと思っていた。

「あっ！　そうやそうや、『やまと仏具店』のおばさんが、何や話聞いてほしいて言うてはったんやった。ちょっと行ってくるわ」

そう言うと、隠善は隠源を残して表に飛び出して行った。

美都子は、いつの間にか立派になっていた隠善の眩《まぶ》しい背中を見送った。

「はあ～」

多賀昌枝《たがまさえ》は、タクシーの後部座席の車窓を眺めていて、つい大きな溜息をついてしまった。聞かれたかもしれない。ハッとして、バックミラーをのぞき込む。ドライバーは、真っすぐに前を向いて運転している。どうやら気付かれなかったようだ。頬《ほお》に悲しみが一筋伝った。慌てて、バッグからハンカチを取り出して拭《ぬぐ》う。ずっと、気を張って生きていた。人に甘えるのも、同情されるのも苦手だ。唯一、甘えることができたのは、最愛の夫だけだった。

もう三月《みつき》にもなる。

この女性ドライバーの笑顔に、どれほど救われ元気をもらったか知れない。名前を美都子という。広い襟のついたシルバーグレーのベストに紺のスーツ。上着の両袖とスラックスの脇には、縦に二本、山吹色《やまぶきいろ》のストライプが走っている。首筋には、有名なミラノブランドのスカーフが、ネクタイのようにキュッと巻かれていた。そして、前髪をクルッと小さくカールさせたショートボブに、天使の輪が光っている。あまりにも美しくて、最初出会ったときには映画女優かと思ってしまった。

紹介してくれた病院の先生の話によれば、夜は祇園《ぎおん》で芸妓をしているという。冗談だと思い話半分に聞いていたが、ときおり「そうどす」などという花街特有の言葉遣いを耳にすると、「ひょっとして」と思ってしまう。

多賀昌枝は以前、美容師をしていた。

母の美容院を継いだのだ。

幼い頃から母親の仕事を見ていて、いつの間にか美容師になるのが夢になっていた。家の一階が店舗になっていたので、小学校から帰るとよく店の片隅で宿題をした。すると、母親とお客様の楽しそうな会話が聞こえてくる。

「城崎《きのさき》温泉どうやった？」

「よかったわあ〜。七つの外湯、全部巡ってふやけてしもうた。あかん、お土産のお饅頭持って来るの忘れてた」

「そんなん、気にせんでもええのに」

「ううん、これがえろう美味しいんや。あとで娘に届けさせるな」

「おおきに、どうりで肌が艶々《つやつや》してるわけや」

「ほんま？」

「宝塚のトップスターみたいやで」

「あはは、嘘でも嬉しいわぁ」

昌枝は、毎日そんな会話をそばで聞くのが大好きだった。お客様をきれいにして差し上げ、その上、楽しいおしゃべりができる。なんて素敵な仕事なのだろうと思ったのだ。ある日、昌枝は母親に尋ねた。

「今日も、おうどん屋さんの奥さんと楽しそうに話してたね」

テレビで人気の男優が結婚を発表したという話をしていた。今まで何度もスキャンダルで週刊誌に追いかけられていたことで有名な人なので、「きっとすぐ別れるわ」「いつまでもつか賭けしよか」などと、言い合っていたのだ。

ところが、母親は意外なことを口にするので驚いてしまった。

「母ちゃんな、それどころやなかったんや」

「え！　どないしたん？」

「あんな、昨日からずっと奥歯が痛いんや。お客さんの予約が入ってるさかい、歯医者さん行く暇《ひま》もあらへん。そやから楽しいも何も、奥さんの話、み〜んな右から左でなんも覚えてへん」

「そやけど、お母ちゃんずっと笑《わろ》うてたやない」

するとと、母親は急に居住まいを正して言った。

「ええか、昌枝。ええ機会やから教えといたるな」

母親は、痛む頬に手を当てながら昌枝を見つめた。

「母ちゃんは、あんたにこの店継いでもらいたいて思うてる。そやけど、この仕事は楽しいばかりやないんや。なにしろ鏡にいつも見られてるさかいになぁ」

「鏡が見てるて……どないなこと？」

「美容師の仕事いうんは、いつも鏡に向かってるのはわかるなぁ」

「うん」

「ということは、お客様にはうちがどないな顔してるか、わかってしまうんや。歯が痛いからいうて、しかめっ面してたらお客様はどないな気分になる思う？　母ちゃんはなぁ、ずっと痛いの我慢してカットしたりシャンプーしたりしてたんや」

「でも、笑顔やった」

「そうや、いつも笑顔でおらなあかん。それが美容師や。お婆ちゃんが病気で入院したときもそうや。辛《つろ》うて辛うてたまらへんかった。もっと親孝行したかったけど、仕事があるさかいなかなかできひん。それでも無理に笑って鏡に向かってたんや。美容師いうんはなぁ、ええ笑顔になってるか、て鏡に映った自分の顔をチェックしながらする仕事なんや」

昌枝は、その話を聞いて母親を見る目が変わった。

店に立つ母親を心底から尊敬するようになり、美容師という仕事にますます憧《あこが》れるようになった。

美容師学校を卒業すると、母親の知り合いの滋賀県大津市《しがけんおおつし》の美容室で修業した。その後、伝手《つて》をたどって祇園の美容室で日本髪の結《ゆ》い方も学んだ。三十歳のとき、母親の右腕として家に戻った。

間もなく、お客様の紹介で市役所に勤める男性と結婚。そして、長男の高司《たかし》が生まれた。仕事と家事、さらに子育てはたいへんな苦労だった。それでも、弱音を吐かなかったのは、母親の「あの日」の言葉だ。

「鏡にいつも見られてる」

とにかく、どんな時にも笑顔を絶やさず頑張った。

もう一つ、昌枝の代になって、より店が繁盛《はんじょう》したのには理由があった。占いである。高校生の頃、クラスで占いが流行《はや》った。トランプ占いから始まって、占星術に血液型に手相占い。女の子なので、もっぱら男の子との相性をみるのが目的だ。クラスの中でのブームはしばらくして下火になったが、ちょうどその頃、母親の美容院のお客さんからもらった『観相学入門』という本をきっかけに、人相学にはまった。

美容師になってから、これが役に立った。ホクロの位置や、目や鼻の形で、人生を占うのだ。

「ねえねえ、聞いたわよ。昌枝さん、人相占いできるんやて？　角の喫茶店のママさん、口元のホクロで今まで苦労してきた人生、ズバリ当てられたて言うてたわよ」

最初は、恐々《こわごわ》だった。もし、悪い未来を予見してしまったら、恨まれる可能性もある。でも、母親から、「いいことだけ教えてあげたらええんや」とアドバイスされ、その通りにするとたちまち評判になった。

しかし、何よりも救われたのは、夫・真守《まもる》の献身だった。自分も仕事で疲れているだろうに、高司が泣き止まないと、夜中でも抱いて外へ連れ出しあやしてくれた。

それだけではない。料理も洗濯も掃除も、頼んだわけではないのに進んでこなしてくれた。これにはさすがに昌枝の母親が口をはさんだ。

「真守さん、あんまり昌枝を甘やかさんでください。美容師いう仕事がきついことは、子どもの頃からよう言い聞かせてますさかい。市役所の仕事に差し障《さわ》りが出てはあきまへん」

すると、真守は笑って言った。

「僕は、昌枝さんを愛してます。昌枝さんに一流の美容師になってもらうんが、僕の夢でもあるんです」

そう臆面《おくめん》もなく言う夫に、昌枝は感謝するとともに奮起するしかなかった。その甲斐《かい》あって美容師コンテストにも出場でき、優勝は逃したものの審査員奨励賞《しょうれいしょう》をもらった。この時、夫は我がことのように喜んでくれた。

高司には、自分が母親から教えられたのと同じように教育した。

「鏡にいつも見られてるんやで」

と。高司は大阪《おおさか》の大学を卒業後、損害保険会社に就職し日本各地を二、三年ごとに転勤する生活を送っている。めったに京都に戻らないが、ときおり電話があり「鏡見て頑張ってるでぇ」と言ってくれる。昌枝にとって、これほど幸せなことはない。

ところが、自分を支え続けていてくれた夫が、定年を迎えたと同時に大病を患ってしまった。長い闘病生活の末、昌枝を残して先に旅立ってしまったのが三年前のことだ。

昌枝はこのところ、自分の人生はこれで良かったのかと考えてばかりいる。もっと、夫のために何かしてやれたのではないか。甘え過ぎていたのではないかと。美容院が第一で、夫と二人で旅行に出かけたこともほとんどなかった。

昌枝は、後悔をしてもし切れぬことがあった。

夫を病院で看取る、少し前のことだ。

あの時のことを思い返すたび、胸が苦しくなる。

昌枝はドライバーさんに気付かれぬよう、もう一つ小さく溜息をついた。


隠善のお見合いは、どうなったろう……。

美都子は、考えないようにしようと思えば思うほど、気になって仕方がない。今夜は、舞妓のもも奈《な》と共にご贔屓《ひいき》のお座敷に出た。もう半世紀も祇園へ通いつめている旦那さんから、

「なんや、今日は身体《からだ》の具合でもようないんと違うか?」

と心配されてしまった。その通り、余所事《よそごと》を考えていると舞が乱れるのだ。

「おおきに、なんもあらしまへん。ちょっと疲れが溜まってるだけどす」

「昼間はタクシー、夜は芸妓と大忙しやもんなあ。少しは休んだ方がええで」

お客様に気を遣わせてしまい、まだまだ修業が足りないと反省した。こういう日は、早く眠ってしまうに限る。家に帰ろうと花見小路《はなみこうじ》を急ぎ足で歩いていると、目の前にタクシーが停まった。中から隠善が出てきた。

「あ、美都子お姉ちゃん」

「なんや、顔が赤いで。珍しい、飲んでるんか?」

「うん、檀家《だんか》さんの法要のあと、精進《しょうじん》落としの食事で断れへんかったんや。弱いからあかんて言うたのに、ずいぶん飲まされてしもうた」

「お坊さんもたいへんやなぁ」

「それだけならええんやけど、いろいろ悩み事聞かされてなあ。聞くだけでなんもできひんいうのも、しんどいもんや」

美都子はこの前、もも吉が、「隠善さんは、人が話をしとぉなる雰囲気を醸《かも》し出しているんやろなぁ」と言っていたことが気になっていた。

「なんでみんなあんたに、話聞いてもらいたいて思うんやろ」

隠善は腕組みをして考えながら歩く。

「僕もそれはわからへん。そやけど……」

「そやけど？」

「大学四年のときにおふくろが病気になったやろ」

隠善の母親の千代《ちよ》は、風邪《かぜ》をこじらせたことで腎臓《じんぞう》を患《わずら》った。その時、隠源和尚が寝食を忘れるほど、甲斐甲斐《かいがい》しく看病をしていたことを思い出した。

「僕はそんな病気のおふくろおいて、とても山寺《やまでら》に修行に行く気にはならへんかった。それでもおやじが、『お母さんのことは任せとけ』と言うんで修行に出たんや。ところが、美都子お姉ちゃんも知ってるように、その後、病状が悪化してなぁ。修行三年目のことやった。いつも厳しいおやじが珍しく、『ここで帰って来たら、また一年目から出直しや。その覚悟がでけるんやったら、帰って来てもええ』と言ってくれた。ところが、おふくろに反対されたんや。『うちのことは心配せんでもええ。お母ちゃんはあんたが立派に修行終えて帰って来るんを、楽しみにして待ってるさかい、帰って来たらあかん』て」

「そんなことがあったん？」

美都子は、初めて聞く話に、しんみりとなった。

「それで結局、おふくろはその三月後に亡《の》うなってしもうた。僕は、『ああ、なんで帰らへんかったんや』て後悔して気がおかしくなりそうやった。実は、今もそうや。おふくろのこと思い出すたび、胸が張り裂けそうなほど辛うなる。上手《うま》く言えへんけど、その時の後悔が僕の心の弱さを作ってるんやと思う。心が弱ってはる人や、悩み事があって辛うてたまらん人は、僕が同じ心の弱い人間やないかて、匂いうか第六感みたいなもんでわかるんと違うやろか」

美都子は、隠善の知らない一面を見た気がした。気付くといつの間にか、家に続く小路の角まで来ていた。

「美都子お姉ちゃん、おやすみ」

「あっ、どうやった？」

「何？」

「あれやあれ……」

美都子は、隠善のお見合いがどうだったのか気になり、尋ねてしまった。でも、聞いてどうするのかと思い直す。

「もうええわ。おやすみ」

「そうか、おやすみ」


翌朝、一番で昌枝の送迎へと向かった。

「今日も並んでますねぇ」

美都子は、運転席からちらりと窓越しに見て、後部座席の多賀昌枝に声をかけた。タクシーは今、「出町《でまち》ふたば」の前を通り過ぎたところだ。歩道には、「名代豆《なだいまめ》餅《もち》」を買い求める人たちが行列を作っている。なんと、その行列は、信号を渡った反対側まで続いている。

創業明治三十二年。柴《しば》を運ぶ大原女《おおはらめ》が、小腹を満たすため「名代豆餅」を食べていたといわれている名店だ。あんは、北海道《ほっかいどう》・十勝《とかち》産の小豆を、お餅は滋賀《しが》羽二重《はぶたえ》もち米を。赤えんどうは北海道の美瑛《びえい》や富良野《ふらの》の契約農家から、特別に大きく甘みのある豆を選び抜いて使っているというこだわりの逸品だ。

昌枝の返事はない。どこか虚《うつ》ろで、心ここにあらずという感じだ。つい今しがた、嵐山《あらしやま》の紅葉《こうよう》の見どころについておしゃべりをしていたばかりだというのに……。

昌枝とは、半年ほど前、ひょんなことから出逢った。美都子が仕事の途中、総合病院へ友達のお見舞いに行ったときのことだ。駐車場へ戻ろうとロビーに降りてきたところで、院長の高倉《たかくら》から声をかけられた。

「美都子ちゃん、ちょうどええ所で会《お》うたわ」

「あらセンセ、いつもお世話になってます。なんですの？　ちょうどええところて」

高倉とは、もも吉共々、家族ぐるみの付き合いをしている。

「こちら、ついさっき退院しはった多賀さんや。私が昔、お世話になったお人の奥さんでな。お宅は岩倉《いわくら》なんやけど送ってもらえんやろか」

「へえ、もちろんどす」

昌枝は、買い物の帰り道に舗道の縁石につまずいて転び、左足を骨折してしまった。七十歳を越えていることもあり、なかなか骨がくっつかず入院生活が長引き、ようやく退院の運びとなったという。

「そうやそうや」

「なんですの？」

「多賀さんなぁ、一人暮らししてはってなあ。そやけど、これから毎週、リハビリに通ってもらわんとあかんのや。美都子ちゃんなら安心やさかいに、通院の送り迎えお願いでけへんやろか」

「へえ、多賀様さえよろしければ、うちは喜んでお引き受けいたします」

美都子が恭《うやうや》しくお辞儀をすると、

「どうかお願いします」

と言い、昌枝は車椅子に座ったまま深々と頭を下げた。院長が、

「よかったよかった。美都子ちゃんは、夜は祇園で芸妓としてお座敷に出てるんや。それだけに、気遣いは一流やから安心して頼らはったらええ」

と言うと、昌枝は首を傾《かし》げて笑った。きっと、冗談と受け止められたに違いない。

美都子は、この時、ふと昌枝の表情にどこかしら影があることが気になった。長い入院生活で心が沈んでいるのかもしれない。これもご縁だ。なんとか励ましてあげられないかと考えた。

その日は、まず昌枝を送り届けて自宅の場所を確認した。

そして翌週の月曜日、午前七時三十分にお迎えに上がった。

呼び鈴を三度続けて鳴らすのが、「タクシーが着きました」の合図と決めた。家の中では、壁やテーブルに摑《つか》まり歩きの生活をしているが、外出は車椅子がなければ移動は難しい。そこで予《あらかじ》め玄関の鍵を預かり、家の中で車椅子に乗るところからヘルプしてタクシーに乗ってもらうことにした。これも、高倉院長の紹介という信頼があってこそできることだ。

美都子のタクシーは、福祉車輛《しやりよう》で車椅子に乗ったまま乗降できる。また美都子自身も、介護職員初任者研修の資格を持っている。岩倉から本能寺《ほんのうじ》近くの総合病院までの道のりを、できるかぎり揺れを感じないような安全運転を心がけた。喉《のど》が渇《かわ》いたときのため、水筒に温かいお茶や何種類かののど飴も用意した。

美都子は、三度、送迎をしてみてわかったことがあった。診察もリハビリも順番待ちが長くて、車椅子の患者にとってはかなり苦痛になる。そこで美都子は昌枝から診察券を預かり、岩倉へ向かうよりも前に、先に病院へ行って受付を済ませてしまうことにした。それによって、待ち時間が大幅に短くなった。

それらの気遣いは、院長直々《じきじき》の依頼だから、というわけではない。美都子は、日頃からお客様に誠心誠意尽くすことを生きがいとしてきた。タクシーの仕事も、芸妓としてお座敷のお客様に対するおもてなしと、何ら変わりないと思っている。

美都子が送迎を仰せつかって、三か月が経った。今日も、いつものように無事にリハビリを終えることができた。

「手摺《てす》りに摑まらずに、少しなら歩けるようにならはったそうですね」

「ええ、おかげさまで」

「もしよかったら、お供しますから、嵐山の紅葉でも見に行かれませんか」

「はい、そのうち……」

「観光客でいっぱいやいう印象ですが、鹿王院《ろくおういん》とか直指庵《じきしあん》とかは人影もまばらで穴場なんですよ。ぜひ、ご案内させてください」

美都子は、できるかぎり話しかけるようにしてきた。だが、ほとんど返事は返って来なかった。

病院の帰り道、河原町通《かわらまちどおり》を上がって車を走らせる。今出川通《いまでがわどおり》を過ぎた辺りで、バックミラー越しに、ちらりと昌枝の様子を窺ったときのことだ。車窓を眺めていた昌枝の瞳から、一筋の涙が頬に零《こぼ》れた。「どうかされましたか？」……そう声をかけようとして、言葉を呑み込んだ。いかにも悲しげな表情で、訳を尋ねることがためられたのだ。

何も見なかったふりをして、笑顔で自宅の居間まで送り届けた。たまたま、昔のことを思い出したに違いない。そうだ、たまたまなのだ。ところが、その翌週も、そのまた翌週も同じ場所を通り過ぎるとき、ほろりと涙を零《こぼ》す。よほど何か心の奥底に抱え込んでいる悲しみがあるに違いない。その悲しみの何分の一、いや何十分の一でも軽くしてあげたいと思った。しかし、母娘《おやこ》ほど年の離れた自分に、いったい何ができるというのだろう。

初めて昌枝の涙を見てから、ひと月が経った。車に乗り込んだ昌枝を、だめもとで誘ってみることにした。

「多賀様、リハビリでお疲れでしょうが、もしよろしかったら甘いもんでも召し上がって行かれませんか?」

「あら、いいわねぇ。どこがいいかしら」

美都子は、意外にも二つ返事の明るい声に嬉しくなった。

「実は、お勧めの特別なお店があるんどす」

「へえ、行ってみたいわ」

「かしこまりました」

美都子は、うきうきと心が弾むのを覚えた。

まずは、なんとか悩み事を聞き出したい。いや、慌ててはだめだ。とにかく、甘味処「もも吉庵」に連れて行けば、あとはなんとかなるはずだ。母親のもも吉を慕って、花街の多くの人々が悩み事の相談に訪れる。きっと、母親なら昌枝を元気づけられるに違いない。美都子は、ハンドルを祇園へと切った。

昌枝は半年ほど前、左足を骨折してしまい入院生活を余儀《よぎ》なくされた。ようやく退院できたものの、一人暮らしに通院は難儀だ。心配していたところ、院長先生の知り合いという個人タクシーのドライバーの美都子を紹介してくれた。

とても細やかな気遣いのできる人だ。

保温ボトルにお茶を用意してくれる。その一杯に、リハビリで疲れ切った身体が癒される。ちょっと咳《せき》払いをすると、「いろんな飴が入ってますから、召し上がってください」と、小さなポシェットを差し出してくれる。おかげで通院のストレスがおおいに和《やわ》らぐ。

でも、ちょっとだけ、煩《わずら》わしいと思うこともある。乗車中、よく話しかけてくるのだ。別に会話するのが嫌なわけではない。美容師を長くしていたから、おしゃべりは得意だし大好きだ。ただ、心が沈んでいる今、これに応じる元気が出てこない。

ドアの開閉や車椅子の乗降の手伝いなど、心配りが素晴らしいがゆえに、反対に近付きがたいものを感じてしまう。それが何か、説明しがたい。たぶん、立派に見え過ぎて、自分の弱いところをさらけ出せないのだと思う。もちろん、そんなことは自分がわがままなだけだとわかっている。

本当は、聞いてほしかった。

こんなに辛くて辛くて、たまらない胸の内を……。

先日も、「紅葉を見に行きませんか？」と誘われた。「はい」と答えたかった。きっと、半日でも一緒に嵐山の紅葉でも愛《め》でることができたなら、心の垣根を飛び越えて、話を聞いてもらうことができるようになるかもしれない。

これではいけない、と思った。

以前のように、鏡に映る自分を笑顔にしたい。

翌週も、その翌週も美都子は車中で話しかけてくれた。でも、まともに返事ができない。とても感謝している。なのに言葉に表せない。

今日こそは……と思いタクシーに乗った。すると、帰り道に美都子に誘われた。

「甘いもんでも召し上がって行かれませんか？」

饅頭もケーキも大好きだ。店の灯《あか》りを消したあと、夫が淹《い》れてくれたお茶で二人して食べたものだ。そんな夫との楽しいひとときを思い出したからかもしれない。

「あら、いいわねぇ」

と答えたことに、自分でも驚いた。勢いとはこういうことなのだろうか。

「実は、お勧めの特別なお店があるんどす」

「へえ、行ってみたいわ」

美都子は、昌枝の家とは反対の方角へと車を走らせた。よくタクシードライバーは、巷《ちまた》の評判の店を知っているという。きっと美都子が勧めるところも、「知る人ぞ知る名店」なのだろう。昌枝は久し振りにわくわくした。


昌枝は、美都子が借りているらしい駐車場で車を降りた。車椅子を押してもらい観光客で賑わう花見小路に出る。美都子が、申し訳なさそうに言う。

「かんにんしておくれやす。細い路地ばかりで車が入れやしまへんさかい」

左へ右へと小路を曲がると、とたんに人影が無くなり静かになった。自転車さえもすれ違うのが難儀な細い路地だ。

微《かす》かな遠い記憶が蘇った。

たしか、この小路を通ったことがある。美都子が、

「ここどす」

と、京町家《きょうまちや》の前で立ち止まった。表札も看板も見当たらないが、ここが甘いもんのお店なのだろうか。美都子が、格子戸《こうしど》を開けようとするが動かない。

「あれ、お母さん出かけたんかな。今日は一日、家におるて言うてたのに……」

昌枝の方を向き、いかにも申し訳なさそうに言う。

「かんにんしておくれやす。せっかくここまでお連れしたのに」

「気にせんといてください」

「そやけど……」

「それより、うち、この辺りに覚えがあります。四十年、ううん五十年近くも前のことやけど」

「え⁉　うちの家にですか？」

「いえいえ、そういうわけやあらしまへん。昔、昔のことです。母親の美容院を継ぐにあたって、日本髪を結えるようになりたいと思いました。それで伝手《つて》をたどって、祇園の髪結いさんで修業させてもろうたことがあるんです。ほんの一年くらいのことでしたが、ほんまに懐かしい思い出です」

そこへ、美都子が思わぬことを口にした。

「その髪結いさん、『田中美容室』さんいうんやないですか？」

「え⁉　そ、そうです」

「舞妓の頃からずっとお世話になってます。そうそう、母のもも吉もです」

「え⁉　美都子さんは、ほんまに芸妓さんもやってはるんですか？」

「へえ、院長先生が言わはったんは冗談やおへん。母も元は芸妓で、家業のお茶屋を継いで女将をしてました。今は衣替えして『もも吉庵』いう甘味処をやってます。実は今日は、母の作る麩もちぜんざいをご馳走しよう思うてたんです」

「ええ～奇遇やなあ。田中先生、お元気やろか……いやや、うち何言うてるんやろ。二十二、三の頃に還暦過ぎてはったんやから、とうに……」

「今は、先生の娘さんが美容室を継いでやってはります」

「うちと一緒や」

　髪結い師の田中先生の母娘、芸妓のもも吉と美都子。ここにも、自分と同じように母から娘へと、一つの生業《なりわい》を紡いでいる人たちがいることを知り嬉しくなった。

「あれ、美都子お姉ちゃん、どないしたん？　こないなところで」

　美都子が、通りがかりのお坊さんに話しかけられた。

「あら善坊やないか。お客様をお連れしたんやけど、鍵かかっててお母さん留守してるみたいなんや。もちろん鍵は持ってるさかい中には入れるけど、お母さんがおらへんことには……」

「ついきっき、もも吉お母さんとそこですれ違《ちご》うたで」

「どこ行くて？」

「なんやお茶の先生がぎっくり腰になって動かれへんて、ＳＯＳの電話があったんやそうや。そんで飛んで行かはった」

「……困ったなぁ。先生のことも心配やけど、そういうことやったらいつ戻ってくるかわからへんなぁ」

　昌枝は、

「美都子さん、うちのことはええですから、またの機会に寄らせてください。久し振りに祇園に来させてもろうただけで懐かしゅうて満足しました」

と、二人を見上げた。

「なんかあったん？」

　お坊さんが、美都子に尋ねる。

「あのな、こちら多賀昌枝さん。足をケガしはって総合病院でリハビリ中なんや。高倉先生《センセ》の紹介で、うちが通院のお世話させてもろうてるんやけど、今日はその帰り道に麩もちぜんざいをご馳走しよう思うて戻ってきたところなんや」

「美都子お姉ちゃんではもも吉お母さんの代わりは利かへんしなぁ」

「そうなんよ。うちではぜんざい作られへんし……それに……」

「それに」とは何だろう。何やら二人は、言葉以外に瞳でも会話をしているように思えた。「善坊」「美都子お姉ちゃん」と呼び合う二人は、どういう仲なのだろう。姉弟？　……いや、花街では年上の女性を「お姉さん」と呼ぶのが習わしだ。姉と弟とは限らない。しかし、片や芸妓で片やお坊さん。妙な取り合わせだと思いはするが、二人の間柄を尋ねてよいものかどうかとためらった。

「そうや、もしよかったら、うちの寺で休んでかはったらどうですか」

そう言い、お坊さんが昌枝の方を向いた。

「それはええ。いかがどすか？　善坊……隠善さんが副住職をしてる満福院《まんぷくいん》の庭は、日頃は非公開のお寺やさかいめったにない機会やと思います」

「今、ちょうどイロハモミジが真っ赤に燃えてて見頃です、ぜひ」

このところ通院のほか、ほとんどどこへも出かけていない。このままでは「うつ」になってしまうのではと自分でも心配していた。昌枝は、ご縁のつながりを大切にしたいと思った。

「はい、よろしゅうお願いいたします」

「すぐ近くどす」

そう言うと、美都子が再び車椅子を押してくれた。

二人に手を貸してもらい、本堂に上がる。

リハビリのおかげで、ゆっくりとなら壁や柱に手をやれば、手を貸してもらいつつ伝い歩きができる。まずはご本尊に手を合わせ、その後、庭の見える方丈《ほうじょう》へと案内された。昌枝は、思わず声を上げた。

「なんて美しいの」

枯山水《かれさんすい》だ。

左奥に険しい深山《しんざん》を模《も》した石が一つ。

その後ろ、築地塀《ついじべい》の屋根瓦の向こうから楓が赤々と燃えるように枝垂《しだ》れている。

右奥には、低い築山《つきやま》にくすんだ黄緑の苔《こけ》がびっしりと一面に張り付く。

そして、左から右へと、大河を模した白い砂紋《さもん》がとうとうと流れている。

昌枝は、この波打つ砂紋が好きだ。東福寺《とうふくじ》塔頭《たっちゅう》の光明院《こうみょういん》、龍安寺《りょうあんじ》、妙心寺《みょうしんじ》塔頭の退蔵院《たいぞういん》、高台寺《こうだいじ》塔頭の圓徳院《えんとくいん》……。いずれも、その川の流れを愛でるうち、自分の七十年余の人生と重ね合わせ、「よくここまで歩いて来たものだ」と感慨にふけって見入ってしまう。

縁側の柱に摑まって見ていると、隠善が、

「こちらをお使いください。そのおみ足やと正座はお辛い思いますので」

脚の短い椅子を運んできて、勧めてくれた。

「おおきに」

遠慮なく、腰を下ろす。隠善は、一間ほど離れて座禅《ざぜん》を組んだ。すぐその向こうに美都子も座った。三人が並んで、庭に向かう。

砂紋が、小春日和《こはるびより》の陽差しに眩《まばゆ》く輝いている。その光の中に七つ八つ、点々と小さな石が顔を出す。黒や鈍色《にびいろ》、そして翡翠《ひすい》に似た青色。その一つひとつが、自分の人生の節目や分岐点のように思えた。

美容師学校への入学。

途中、交通事故でケガをして、一年留年したこと。

「田中美容室」で日本髪の勉強をしたこと。

夫との出逢《であ》いと結婚。

高司の誕生。

父親と母親の病と介護。

美容師のコンクールでの入賞。

高司の結婚。

そして、夫の……。まるで映画のタイムスリップのワンシーンのように次々と「あの日」が思い出された。どれほど時が経ったのだろう。

「どうぞ」

その声に我に返ると、「今この時」に戻ってきた。「おかえりなさい」とでもいうように、隠善が目の前に漆塗《うるしぬ》りの膳を置いた。その上には、僅《わず》かに湯気の立ち上る抹茶が載せられている。

「おおきに」

好意に甘え、茶碗を手にする。陶芸には詳しくはないが、手捻《てびね》りで拵えたいびつな風合いが、ほんのりと心に伝わってくる。

「美味しい……」

素直に言葉が漏れた。熱くもなく温《ぬる》くもない。苦みを感じたかと思うと、しばらくして甘みが追いかけて口中にフワッと広がっていく。

心に沁《し》みわたるとはこのことを指すに違いない。硬くこわばっていた心の「芯」が、和らいでいく。美容院の仕事の合間に一服するコーヒーは、身体を休める必需品だった。しかしこのお抹茶の一杯は、七十年の人生の疲れを解きほぐしてくれると言っても過言ではなかった。

隠善はこの寺の副住職と言った。

まだ年のころは三十半ばであろうか。

人生で言えば、自分の半分ほどでしかない。なのに、これほどまで心癒してくれるとは、どんな人生を歩んできた人なのだろう。そう思うなり、このお坊さんに話を聞いてもらいたくなった。

心の奥底に淀《よど》む一切合切《いっさいがっさい》を吐き出したい。

そう強く思った。

話せば少しは楽になるやもしれない。

でも、ついさきほど会ったばかりの人だ。逡巡《しゅんじゅん》しつつも、気付くと昌枝は、庭の砂紋にまっすぐと目を向けて語り始めていた。

「辛いんです」

そう言い、自分でも驚いた。他人《ひと》様の前で、弱音を口にするのはいつぶりだろう。

「もう、どうにかなりそうなほど、辛いんです。夫が亡《の》うなって、もう三年も経つというんに、まるで昨日のことのように思えて仕方がありません。後悔ばかりの毎日なんです」

そう口にすると、あとは続けて言葉があふれ出して来た。

「真守さんとは、美容院のお客様の紹介で結婚しました。今と違《ちご》うて、美容院のお客様というと、ほとんどが女性でした。朝から晩まで働き、男の人と付き合うどころか出逢う機会がなかったんです。

一目惚《ひとめぼ》れでした。うちが言うのもなんやけど、えろう男前やったんです。ほらほら、昔、刑事ドラマに出てたあの人に似た……あきまへんなぁ。年取ったせいや、思い出せへん。その俳優さんに似て、眼ぇが切れ長のええ男です。デートで神戸《こうべ》まで行ったとき、すれ違った女の人が振り返るくらいでした。

結婚すると、家のすぐ近くにアパートを借りました。私が、母親の美容院で働きやすいようにと言うてくれたからです。その代わり、真守さんの方が今までよりも通勤時間が長《なご》うなってしまいました。それでもあの人は、『惚れてしもうたんやから仕方ないわ』なんて、照れもせずに言うんです。惚れてしもうたんは、うちも一緒やのに……。

真守さんは結婚当時、市役所の市税事務所に勤めていました。その後も、税務畑をいくつか異動して、最後は課長まで務めました。繁忙期は帰りが夜中になることもありましたが、おおよそ六時過ぎには家に帰ってきました。

うちが息子の高司を生んだあと、しばらくして仕事に復帰すると、夕飯の支度《したく》をしてくれはるようになりました。その他、休日には洗濯も掃除も。今なら、そんな旦那さんは珍しゅうはないでしょう。そやけど、当時はあんまり聞いたことがありませんでした」

ここまで一気にしゃべり、一つ息を吐き空を見上げた。抜けるような青空だ。昌枝は、再なにやら恥ずかしくなり、美都子と隠善の方を見ることができない。

び庭に目を戻した。

流れる雲が作る影が、白い砂紋の上を流れていく。

昌枝は、続けて話を始めた。

「高司は転勤族で、日本中を渡り歩いています。今は函館《はこだて》です。子どもが三人もいて、なかなか家族揃って帰省するんは難しいですが、それでも今はインターネットのおかげで、顔見ながらおしゃべりもでけるから淋しゅうはあらしまへん。

息子は近くにおらへんでも、真守さんがいてくれます。そやから淋しいことはありませんでした。そうそう、週に三度は真守さんが甘いもん買うて来てくれて、夕食のあとに一緒に食べました。『とらや』さんの羊羹《ようかん》の日ぃもあれば、スーパーで買うてくれた袋菓子のかりんとうのこともありました。値段の高い安いは関係あらへんかった。こんなん言うと、のろけ話やて笑われるかもしれへんけど、どちらかが『美味しいね』て言うと、どちらかが『うん、美味しいね』と答えました。笑ってもらってもかましまへん。まるで新婚さんみたいやろ……」

昌枝は、一つ息を継いだ。

「そんな中、健康が取り柄の真守さんが、定期健診で引っかかって精密検査を受けることになりました。『なんかの間違いや』と言うて再検査に行くと、初期のがんと診断されました。五年ばかり前のことです。うちは、目の前が真っ暗になりました。なんで、がんになったんやろう。自分の仕事に熱中するばかりで、真守さんの健康のことを気遣《きづこ》うてやれへんかったんが原因やないか。うちは自分を責めました」

正面の、砂紋に浮かぶ、亀に似た小さな石を見つめつつ、ちらりと瞳で隣の二人を見た。美都子と目が合った。悲しげな瞳をしている。同情してくれているのだろう。隠善は、瞳を閉じて座禅を組んでいる。

不思議だった。

隠善の隣に座っていると、聞いてほしくなる。

「聞かせてください」と言われたわけでもないのに、「聞いてください」と頼みたくなってしまう。隠善になら弱い自分をさらけ出してもいいような気持ちにさせられる。上手く言えないが、隠善と自分にどこか似た境遇を感じるのだ。

昌枝は、思い出すだけで胸が苦しくなることを承知で、話を続けた。

「それまでは定休日でさえ、新しいヘアスタイルの勉強に出かけていましたが、それどころやない。真守さんの治療に付き添うため、しばしば臨時休業するようになりました。その甲斐《かい》かどうかはわかりまへん。真守さんの病状は好転し、お医者様から『寛解《かんかい》です。辛い治療をよう頑張られましたね』と言われるまでになったんです。それから、うちらは、でけるだけ休みを取って、旅行に出かけるようになりま

「した。それだけやあらしまへん。時間を見つけては、二人して散歩に出かけるようになったんです」

ヒヨドリが鳴いた。

一瞬、静けさが破られたが、すぐに元の穏やかな庭に戻った。

「そんな幸せな日々は、ある日を境に鞍馬《くらま》の山から転げ落ちるように一変しました。真守さんのがんが再び暴れ出したのです。それからは、あっという間でした。どんな治療を施しても効果がありまへん。やがて、お医者様から辛い言葉が……。その後は、ケアマネージャーさんと相談し、総合病院にある緩和ケア病棟へ入院して最期の時を迎えることになりました」

昌枝は、一つ溜息をつくと、美都子と隠善の方を向いて言った。

「聞いてくださり、ありがとうございます」

二人はこちらを向き、温かな瞳をもって頷いてくれた。

「真守さんが亡《の》うなって、もう一年が経ついうんに涙が止まらへんようになることがあるんです。一番に辛いんは、『出町ふたば』さんの前を通るときです。『あの日』ことを思い出してしまうんです」

昌枝は、悲しみを抑えられず、

「わあ〜」

と声を上げて泣き出してしまった。

「かんにんしてください」

美都子は、突然、泣き出した昌枝にハンカチを差し出した。そして背中にそっと手を置く。隠善が、心配そうに昌枝を見つめている。

「おおきに」

「大丈夫ですか？」

「はい……」

しばらくすると、昌枝は気を取り直した。

「胸が苦しゅうなってしもうて……聞いてくれはりますか」

「へえ」

「緩和ケア病棟へ入院するため、二人してタクシーに乗った日のことです。もう家に帰ることはできひん片道切符の道のりです。あと幾日かで真守さんを見送らなければならないと思うと、胸が張り裂けそうでした。それでも、真守さんの前で、うちは懸命に笑顔でいようと気を張ってました」

美都子は、懸命に寄り添おうと思った。と言っても、昌枝の話を聞くことしかできず、もどかしくてならない。

「タクシーが信号で停まったとき、真守さんが弱々しく声を上げたんです。豆餅、買《こ》うてこか？　って。窓の外を見ると、信号二つ先が『出町ふたば』さんのお店です。『ええねぇ、病室に入ったら食べよか』と答えました。ドライバーさんが再び走り出すと、歩道にずらりと人が並んでいるのが見えました。車が私たちの会話を聞いていてくれたらしく、『豆餅買《こ》うていかはりますか？』と声をかけて、路肩《ろかた》に停車してくれはりました。ところがその行列は、『出町ふたば』さんの前の信号を渡った反対側までも続き、その先っぽは、賀茂川《かもがわ》の川べり近くまでも伸びていました。

ドライバーさんに、『どないしましょう』と尋ねられ、うちは『やめときます』と答えました。残念ですが、どれほど時間がかかるかわかりません。入院手続きの時間に遅れてしまいます。真守さんに、『明日、うちが出直して買うてくるわ』と言うと、『うん、頼むわ。濃《こゆ》～いお茶も淹《い》れてな』といかにも残念そうに言いました」

昌枝の声が、急に途切れた。

言葉に詰まったようだ。一つ咳をして、

「入院手続きを済ませて、病室で一緒にお茶を飲みました。真守さんが『明日もあんまり並んでるようやったら、無理して買うてこんでもええで』と言いました。それでもうちは、『必ず買うてくるさかい、楽しみにしててな』と答えました。

その夕方、家に帰りましたが、寝室で一人で眠るのはこれほど淋しいものかと思いました。なかなか寝付けません。夜中の一時くらいでしょうか。電話が鳴りました。布団から飛び起きて受話器を取ると、病院からでした。病状が急変したというのです。すぐにタクシーを呼んで駆けつけました。そやけど……そやけど……。危篤状態が三日続き、真守さんは一人で逝《い》ってしまいました。

今も、あの日のことを思い出してしまうんです。胸がキリキリ痛んで、苦しゅうて苦しゅうて……。真守さんに、豆餅食べさせてあげたかった。入院手続き済ませたら、すぐに取って返して買《こ》うてくればよかった。きっと真守さんは豆餅食べたかったやろなあて思うと……悔やまれてならへんのです」

美都子は、どう言葉をかけていいのかわからない。しかし、リハビリに向かう途中、車の中で昌枝が涙していた理由はわかった。どんなに慰めたとしても、それはおざなりなものになりそうで怖くなった。

それでも、何か言わなくては……。

「そんなことがあったとは存じ上げず、申し訳ありません。うちが他の道を走っていたら、多賀様に悲しい思いをさせせんと済んだのに……」

「いいえ、美都子さんのせいやあらしまへん」

何かできることはないのだろうか。美都子は、昌枝の背中をゆっくりとさすりながら、自分の至らなさに悶々《もんもん》とした。

その時だ。隠善が、昌枝の方に向き直り、囁《ささや》くように呼びかけた。

「あのう」

見開いた瞳は、赤く潤んでいる。法衣の乱れを正し、胡坐《あぐら》のまま、背筋を高く伸ばした。懐から扇子を取り出し、膝の上でギュッと握りしめる。瞳を見開いたかと思うと、一つ小さく咳払いをした。美都子には、その姿がもも吉と重なって見えた。

「もし、間違《まちご》うてたらかんにんしてください」

「え？　なんでしょう」

昌枝が隠善の方を向く。

「勘違いしてはるんやないかと思うんです」

「勘違い……ですか？」

「僕は、ご主人は豆餅食べたかったんやないと思うんです」

「でも、あの日、豆餅買《こ》うてこか、って言われました」

「一つお尋ねしますが、ご主人は緩和ケア病棟に入院されるときには、かなり食欲も落ちてはったんやないですか？」

「はい……ほとんど食欲もなくて流動食が中心でした」

「そんなお人が、豆餅食べられへん思うんです」

「それは私も、あれ？　て思いました。そやけど、一口だけ口に含んでみたいとか、匂い嗅ぐだけでもええとか、そういうことやないかと思うたんです」

「もう一つ、教えてください。多賀さんご自身は、豆餅はお好きでしょうか」

昌枝の表情が急に明るくなった。

「はい、大好物です。もう小さい頃から両親に『なんか好きなもん買うたる』と言われたら、即座に『豆餅！』て答えてました」

隠善は微笑を浮かべて言う。

「やっぱりそうでしたか」

「真守さんは元々、お酒が好きで甘いもんはそれほどでもなかったんです。それが、うちと付き合いはじめてから、デートいうたら喫茶店で甘いもん一緒に食べるようになったんです。そのうち、反対に『職場の先輩から、どこそこのケーキが美味しいて聞いたから食べに行こ』て誘ってくれるようになりました。でも、やっぱり一番は豆餅です。高司が生まれてからは、よく三人で鴨川《かもがわ》を散歩して、川べりに座って豆餅食べたもんです」

隠善は微笑んで聴いている。

「そういうことやと思います」

「え？　……そういうことって……まさか」

昌枝の顔色が変わった。美都子は、話の中身が見えず、隠善に尋ねた。

「どういうことなん？」

「ご主人は、元々、甘いもんが苦手やったけど、愛する人に合わせて食べるようにならはったんや。もちろん、我慢して食べてはったわけではない思う。そやけど、結婚してからは一日中立ち仕事で疲れた奥さんのために、仕事の帰りに甘いもんを買《こ》うて来て労《ねぎろ》うてはったんやな。そやから……」

「まさか……」

昌枝が眼を大きく見開いた。隠善が言う。

「間違いない思います。いろいろ身体が不自由になって、奥さんに仕事も休ませて介護をしてもらっている。心苦しいだけやない。きっと、奥さんが疲れてはること、心配してはったんやと思うんです。それで、元気つけてもらおうと思うて、奥さんに一番の好物の豆餅を食べさせたかったんでしょう」

「え！　……そんなそんな……ああ、ああ、ああ、真守さん……」

美都子は、泣き崩れる昌枝を抱きかかえた。

「そうなんです。あの人は、そういう人なんです。かんにんやかんにんにん真守さん……おおきにおおきに真守さん……」

美都子は、ふと隠善を見てハッとした。

なぜだかその姿が大きく見えるのだ。きっと、悲しみに暮れる人の気持ちを、これほどまで理解できることを尊敬したからに違いなかった。自分の力では、昌枝の心を開かせることはできなかった。隠善のおかげだ。いつまでも、弟のようにしか見ていなかった自分が、恥ずかしくなった。

「もしよろしければ、今度、三人で『出町ふたば』の豆餅を食べませんか？」

「美都子お姉ちゃん、それええなあ」

昌枝は、涙を拭いながら、「おおきに」と頷いた。


美都子は、昌枝を自宅まで送り届けると、再び満福院へと戻った。

「隠善さん、訊いてもええ？」

「何？　美都子お姉ちゃん。そないに真剣な顔して」

「お見合いどうやったん？」

「なんや、気にしてくれてるんか」

「ううん、そやから訊いてみただけや」

隠善は、表情一つ変えずに答える。

「断ってしもうた。相手のお嬢さんには申し訳ないけど」

「そうか」

「そうか、てなんや?」

「あんな」

「だからなんやて聞いてるやろ、僕、これから夕餉《ゆうげ》の勤行《ごんぎょう》せなあかんのや」

「もし良かったらな……」

「うん」

「うちと付《つ》き合《お》うてみぃひん?」

隠善は、目を白黒させている。

「ほんまか?　ほんまなんやな」

「そやから言うてるやろ。試しや、試しに付き合うてみぃひんかて……」

「やった!　やったでぇ」

小躍りして喜びを身体で表す隠善に、美都子はくすりと笑った。


隠善は、準備してきた毛布を河原に敷いた。

風がないこともあり、とても十二月とは思えない温かさだ。

鴨川のほとりに、昌枝をはさんで、美都子と三人で座る。隠善は、昌枝と美都子がおしゃべりをしている間に、「出町ふたば」で豆餅を買ってきた。もちろん、ずいぶんと並んだが、久し振りに食べるのが楽しみで苦にはならなかった。

美都子が、温かいお茶をカップに注ぐ。紙カップではなく、キャンプで使うような鉄製のものを四つ。それに、紙皿も用意してある。

「真守さん、どうぞ」

と言い、昌枝が自分の前に、豆餅を載せた皿とカップを二つずつ置いた。一つは、自分のもの、もう一つは、真守のものだ。

昌枝のリハビリの通院は、今日が最後だった。あとは、近くの接骨院に通うことになっているという。それに合わせて、昌枝のご主人の供養にと、一緒に豆餅を食べることにしたのだ。最初は、もも吉庵か満福院でという話も出たが、やはり昌枝の思い出の鴨川べりで食べるのがいいということになったのである。

昌枝が、バッグから取り出した写真に話しかける。

「真守さん、美味しいなぁ」

ご主人が、鴨川をバックにして笑っている。若い頃の写真らしい。何度も「美味しいなあ」と繰り返しながら、昌枝は豆餅を頬張《ほお》る。隠善は、きっと昌枝はまた目を腫《は》らして泣くのではないかと思っていた。そのため、法衣の懐にやわらかなハンカチを用意してきた。しかし、終始、昌枝は笑顔のままだった。

すべてを美都子と隠善に吐き出したことで、憑《つ》き物が落ちたのかもしれない。昌枝が、美都子と隠善の顔を交互に見て、言う。

「伺ってもよろしいですか？」

美都子が先に、

「へえ」

と返事をした。

「美都子さんと隠善さんは、はじめご姉弟かと思うてましたんやけど、どういう間柄なんですか？　美都子さんは、善坊と呼んだり、隠善さんと呼んだりされるさかい……」

美都子の頬が、僅かに火照《ほて》ったように見えた。

「姉弟やあらしまへん。幼馴染《おさななじ》みどす。ずっと仲良しで、たしかに姉と弟のように暮らしてきました。でも、実はつい最近、付き合うことになったんです」

「え⁉　ということは恋人同士いう……」

「そうです、恋人です……て言うてもええんよな」

と、隠善は美都子の方を向いて言った。

「うん、まだいっぺんもデートしてへんけど」

「それはおめでとうございます」

昌枝は、これまで見せたことのない満面の笑顔で祝福してくれた。

「記念に写真撮りまひょか？」

「ええなあ」

その声に気付いたのか、前を通りかかった若い女性が、「よかったら、お撮りしましょうか？」と声をかけてくれた。それに甘えて、隠善はスマホを渡し撮ってもらった。

「少し風が冷とうなってきたさかい、そろそろ帰ろか」

「そないしたら、うち、駐車場から車を回して来るさかい待っててや」

「うん、美都子お姉ちゃん頼むわ」

「あら、恋人同士なのに、美都子お姉ちゃんて呼ばはるん？」

「あかん、長い間の癖や」


隠善はポットやカップをカバンに仕舞い、昌枝と二人して美都子を待った。昌枝が、隠善に話しかけた。

「ほんま言うとお二人は、姉弟に間違いないて思うてました」

「やっぱりなぁ。僕もずっと、姉のように思うてましたし、美都子お姉ちゃんも一緒みたいです」

「いいえ、そういうことやないんです」

「え？　というと……」

「うち、若い頃、観相学……人相で人生を占うことしてたんです。例えば、吊《つ》り目の人は気が強いとか、口が大きい男の人は我慢強くて出世するとか」

「あ、それは聞いたことがあります。それが何か……」

「お二人は、一見、ぜんぜん似てへんように見えますが、耳がそっくりなんです。福耳言いますやろ。耳たぶが、ちょっと他には見ないほどに垂れてはる。それだけやのうて、耳の厚み、大きさ、立ち具合も珍しいほど瓜二つなんです」

隠善は思わぬ話に言葉を返せず、懐からスマホを取り出した。今さっき、撮ってもらったばかりの写真を見る。耳のアップではないから、「明らかに」とは言えない。しかし、確かにそっくりだ。

「かんにんや。うちの勘違い勘違い」

「はい、勘違いや思います」

そう答えはしたものの、隠善は身体から血の気が引くのを感じた。

「隠善さん、隠善さん、どないしはったんですか？　顔色がようないですよ」

（違う、違う、そんなはずはない）

隠善は、そう自分に言い聞かせて立ち上がった。

第五話　悲恋あり　祇園《ぎおん》に春は遠からじ

「わあ〜きれいやわぁ」

小鈴《こすず》が店内に一歩足を踏み入れるなり、帳場の後ろの棚に飾ってある舞扇《まいおうぎ》を見て声を上げた。

黒地に金色の大きな桜の花びらが三つ。そして、無数の小さな白い花びらが、風に流れるように描かれている。扇骨《せんこつ》も黒色なので、金色がいっそう艶《あで》やかに映《は》えて見える。昨日、京都にも開花宣言が出された。今の時期に、ぴったりの柄だ。

「ほんまや、きれいやなぁ、小鈴」

と、父親の勇《いさむ》も溜息《ためいき》をつく。

もも吉《きち》はつい先日、小鈴に、「うちも扇子がほしいです。どこで買《こ》うたらええですか」と尋ねられた。いつももも吉や美都子《みつこ》が、扇子を肌身離さずに持っているのを見て、自分も使いたいと言い出したのだ。

そこで、芸妓《げいこ》の頃から世話になっている大西常商店《おおにしつねしょうてん》へ連れて行くことにしたのだ。

大正《たいしょう》二年創業の扇子《せんす》のお店である。

舞扇にうっとりとする小鈴に、

「それは、舞踊《ぶよう》のときに使う扇《おうぎ》やね。またのちほど、見立てて差し上げますさかい。さあさあ、奥へ入っとくれやす」

と、大女将《おおおかみ》の優子《ゆうこ》が促してくれた。

もも吉らが暖簾《のれん》をくぐると、三和土《たたき》が奥へと続いている。すぐに目に飛び込んできたのは、「おくどさん」だ。薪《まき》でご飯を炊《た》く竈《かまど》である。その上には、大黒《だいこく》さんが並んでいる。さらに奥へと進むと、庭が現れる。坪庭とは呼べないほどに広く、石《いし》灯籠《どうろう》や緑が鮮やかだ。さらに奥には、茶亭と蔵がある。築百五十年を超える京町家《きょうまちや》だ。

座敷へと通された。

「優子さん、紹介します。こちらが大沼《おおぬま》勇さん、京都タイムスの記者さんや。そしてその娘の小鈴ちゃん、中学一年生や。小さい頃から心臓が悪うて辛い思いしてきはったんやけど、手術も成功して元気にならはってなぁ」

「小鈴です、よろしゅうお願いします。将来役立つように取材の勉強のつもりで伺いました」

今日は、将来役立つように取材の勉強のつもりで伺いました」

ハキハキと挨拶をしてお辞儀をした。

「へえ～しっかりしてはるんやねぇ」

優子の娘で、若女将の里枝《りえ》が感心する。

小鈴が、首を横に振る。

「入院生活が長かったし、体育の授業も見学ばかりでした。そやからこれからは、今までの分を取り戻して、やりたいことをいっぱいしよう思うてるんです」

「それはええねぇ、チャレンジするのはええことや」

里枝が満面の笑顔で賛同した。里枝は大学卒業後、大手の通信会社に就職したが、結婚・出産を機に実家に戻って、まったくの畑違いの家業を継いだのだ。それだけにもも吉は、「チャレンジ」という言葉に重みを感じた。

「はい！」

「おいおい小鈴、あんまり無理せんときやぁ」

勇が、小鈴にブレーキをかけるように言う。

「高倉《たかくら》先生も言うてはったやろ、様子見ながらぼちぼちて」

午前中、小鈴は勇に付き添われて総合病院へ出かけたと聞いていた。手術後三か月に一度の定期健診だ。

「あんなぁ、パパは心配し過ぎや」

「心配して何が悪いんや」

「心配してくれるのは嬉しいで。そやけど、何でも物事を良《よ》うない方へとばっかり考えるマイナス思考は止《や》めた方がええ思うで」

「パパはただ、小鈴の身体《からだ》が心配で……」

もも吉は、しっかりした小鈴の口調にクスリと笑いながら尋ねる。

「どないなことなん？　小鈴ちゃん」

「もも吉お母さんも、みなさんも聞いてくれますか。お正月にな、パパが八坂《やさか》さんでおみくじ引いたんです」

八坂さんとは、祇園祭《ぎおんまつり》で有名な八坂神社のことだ。

「ところが、出たんが凶《きょう》やってん。病気のところを見ると『長けれど全快すべし』って書いてあって」

「そやから小鈴に言うたんです。長引くんやから、今まで以上に身体に気ぃつけんとあかんて。初春から縁起でもないもん引いてしもうたさかい、おみくじ掛けに結んできました。そやけど、なんや悪いことが起きるんやないかて気分が暗《くろ》うなってしもうて、今度こそ大吉《だいきち》やてもういっぺん引いたんです。そないしたら……」

小鈴が苦笑いして言う。

「また凶やったんです」

「今度は病気のところに『用心すべし』て書いてあって」

「それからうちのこと心配して、走ったらあかん、転ばんように、もう一枚上着着んと風邪《かぜ》ひくて、うるそうて仕方ないんです。うちはぜんぜん気にならへんけど、パパはがっくりと肩を落としてしもうて……」

「そやかて、二回も続けて凶やで。落ち込むのも当然やろ」

もも吉は呆れながらも、

「勇さんの気持ちはようわかる。そやけどなぁ」

と言い、一つ溜息をついた。

座布団の上で裾《すそ》の乱れを整える。

着物は白地花びら散らし。黒地の染め帯には枝垂《しだ》れ桜の模様、そしてピンクの帯締めをしている。

もも吉は舞を長く続けているので姿勢がいい。それをよりスーッと背筋を伸ばした。帯から扇を抜き、小膝をポンッと打つ。ほんの小さな動作だったが、周りには歌舞伎役者が見得《みえ》を切るように見えた。

「勇さん、あんた間違《まちご》うてますえ」

「え？」

「おみくじの凶は、少しも縁起の悪いことやあらしまへん」

「でも、良うないことばかり書いてあります」

「ええどすか、人いうんはついつい慢心《まんしん》するもんどす。それを神様が戒めてくださってるんや、なあ優子さん」

「へえ、うちは凶引いたら大喜びします。もう今以上に悪いことは起きひん。あとは上に上がるだけやさかい」

　すると、里枝も口を開いた。

「うちも凶を引いたことありますえ。そやけど、こう思いました。『今までで今が一番にええ時や』て。そやからこれからは、神様の戒めを心に据えて、もっと良うなるように精進《しょうじん》しよう思いました。そう、ピンチはチャンスですえ」

　もも吉は、勇に向き直り諭すように言った。

「大西常商店さんは江戸から明治期にかけては、日本髪を結うための和紙製の元結《もとゆい》を作ってはったと聞いてます。ところが西洋化が進んで、だんだんと元結を使わんようになってしもうた。それで初代が、同じ紙を使う扇子の商いを始めはったんや。つまりピンチをチャンスに変えはったんや」

「へえ、そうなんですね」

　小鈴は感心して聞いている。

「それだけやない。四代目の里枝さんは、扇子が夏の間しか売れへんことをなんとかしたいと思わはった。今どきどこの家でもビルの中でもエアコンが効いてる。扇子そのものの将来に危機感を抱いて、ルームフレグランスの商品を考案しはったんや。表の棚に飾ってあるん見たやろ」

　たおやかな色合いの清水焼《きよみずやき》の器に、細かな細工を施した扇骨《せんこつ》が数本、差し込まれて立っている。香料を注ぐと保香性に優れた竹骨に染みわたり、部屋中にほのかな匂いが広がる仕組みになっている。

「オシャレでインテリアとしてもええ。そういうアイデア商品を生み出せたんも、きっとピンチはチャンスの精神の賜物《たまもの》やないかて思うてます」

「へえ、もも吉お母さんの言わはる通りやわ」

と優子が微笑《ほほえ》んだ。小鈴は、勇の背中をポンッと叩いた。

「ほらな、パパがうちのこと心配してくれるんは嬉しいけど、凶が出たからいうておどおどすることはないんや。大丈夫、うちももう入院するんは嫌や。無理せんよう気ぃつけるさかい、パパも落ち込まんといてな」

「う、うん」

優子が立ち上がり、勇と小鈴に声をかけた。

「さあさあ、うちが小鈴ちゃんにぴったりの可愛らしい扇子を見立ててあげますよって。よかったらお父さんもいかがですか?」

「はい、僕のもお願いします」

もも吉は、みんなが店の陳列棚へと戻ったあと、帯の名刺入れからそっとおみくじを取り出した。くるくると開き、見つめた。なんど見ても、「凶」という文字は変わらない。かつて、八坂神社で引いたものだった。

誰にも聞かれぬよう、

「勇さんにはああ言うたものの、どないしたらええんやろう」

と呟《つぶや》き溜息をついた。

「あかんあかん、心配してどないするんや。もも吉、しっかりしい、しっかりするんや」

と自分に言い聞かせるように言い、再びおみくじを名刺入れに収め、帯の間に仕舞い込んだ。

「これもええし、これもええなぁ。迷うてしまう」

店の方から、小鈴のはしゃぐ声が聞こえた。

小鈴は、大西常商店で里枝に勧められた紙扇がすっかり気に入った。桃色の地にいくつもの撫子《なでしこ》が揺れている柄だ。

帰り道、歩きながら何度も開いては閉じる。

「よほど気に入ったんやなぁ」

「はい、もも吉お母さんのおかげです。おおきに」

「せっかくやから、もも吉庵で麩もちぜんざいご馳走《ちそう》しまひょか」

「え!?　ほんまですか」

小鈴がそう答えたとたん、勇のスマホが鳴った。

「あかん、デスクから呼び出しや。かんにんや」

「いつものことや」

と小鈴は笑った。

「小鈴だけ、もも吉お母さんとこ行ってきてもええで」

「ううん、パパも一緒がええからまたにするわ」

「もも吉お母さん、じゃあ別の日ぃに小鈴と伺います」

「へえ、お持ちしてます」

小鈴は、父親ともも吉に大きく手を振って別れ、四条通《しじょうどおり》の方へと向かって歩き出した。扇子をかばんに仕舞おうとして、「あれ？」と漏らし立ち止まる。かばんのファスナーに付けていた、ストラップのお守りがないのだ。左近《さこん》の桜、右近《うこん》の橘《たちばな》にちなんだ桜の花と、橘の黄色い実の形をした、二つのお守りだ。小さな鈴が付いているので、自分の「小鈴」という名前と結びつきがあり、大切にしていた。

ところが、その一つ、桜の方のストラップが無くなっている。

踵《きびす》を返して、大西常商店へと戻った。

「里枝はお座敷探してくれるか？　うちは、玄関周り探すさかい」

大西母娘が、忙しい中をあちらこちらと探してくれたが見つからない。

「ごめんなさい。ひょっとすると午前中に行った病院かもしれません」

「お役に立てんとかんにんな」

「また遊びに伺ってもええですか」

「もちろんや、今度は一緒に甘いもん食べに行こな」

そう送り出され、小鈴は総合病院へと向かった。

入口近くの総合案内所へ駆け込んで尋ねたが、落とし物でお守りは届けられていないという。

「あっ！　診察の帰りに院長先生のところへ挨拶に伺ったんやった」

そう言うと、案内係の女性が院長室へ連絡を取ってくれた。

「あっ、きっとそれです。桜と鈴の付いたお守りやて言うてはります」

「よかった～」

小鈴はほっとして身体の力が抜けてしまった。

「よほど大切なお守りなんやね」

「はい、父がうちの手術の前に平安神宮《へいあんじんぐう》でいただいて来てくれたんです」

「院長室に落ちてたのを院長秘書の橘《たちばな》が見つけて、預かってくれてはるそうよ。ここへ届けてもらう？」

「いいえ、うちが取りに行きます」

「ほな、そう伝えとくね」

小鈴はすぐに、八階の院長室へと上がるため、エレベーターへと向かった。ところが、三台ともなかなか降りてこない。イライラして待っていると、ようやく一台がやって来た。しかし、移動ベッドの患者さんが看護師さんに付き添われてきたので、次のエレベーターを待つことにした。

ようやく院長室へ辿《たど》り着き、ドアを開けた。スマホを家に忘れて出かけたとき以上に、心がざわつく。小鈴は父からもらったお守りがそれほど大切なものだと、改めて実感した。

「失礼します」

と小声で言い、中をのぞき込んだ。いつも受付に座っている橘さんの姿がない。きっと、トイレか何かで席を外しているに違いない。

「美都子ちゃんと隠善さん、付き合うことになったそうなんや」

「なんやて！」

奥の院長室から、甲高《かんだか》い声が聞こえた。もも吉の声だ。そう、つい先ほど別れたばかりの、もも吉の声に間違いない。もう一人の男性は、聞き覚えのある院長の高倉先生の声だ。その声には、どこか切迫したものがあった。小鈴はびっくりして、身体が縮こまった。「いけない」とは思いつつも、院長室のドア近くまで忍び足で近づいた。
耳を澄ます。
心臓が激しく打った。
小鈴は、さらに近付いてドアに耳を寄せた。
再び、二人の話が始まった。
それは、聞いてはいけない話だった。でも、聞かずにはいられなかった。
(ああ、聞くんやなかった……聞くんやなかった)
ゴトッ。
バッグがドアに当たり、音を立ててしまった。
「誰や？　橘さんか？」
気付かれた！
小鈴は、慌てて廊下に飛び出した。後ろでドアの開く音がした。
胸が苦しい……。
(パパの言う通りや。まだ走ったらあかんかった)
廊下の向こうからやって来た橘と鉢《はち》合わせした。
「小鈴ちゃん、どないしたん。顔色悪いようやけど大丈夫？」
「は、はい橘さん……大丈夫です」

そう言い、ちょうど来たエレベーターに飛び乗る。何度か大きく深呼吸をするうちに、胸の鼓動《こどう》も治まってきた。と同時に、心の中に雨雲が立ち込めてくる。

「どないしよう、どないしよう」と呟き、ふらふらと病院を出た。

隠善《いんぜん》は、この三か月の間、信州《しんしゅう》の山奥に籠もっていた。

以前、修行時代に世話になった信州の寺のご住職が病気で入院したため、法要や行事の手伝いを頼まれたのだ。その間、年越しやら新年、節分《せつぶん》の行事で眼が回るほど忙しかった。信仰心の薄れがちな昨今だが、田舎《いなか》ではいまだに寺の存在は大きい。寄合いや消防活動などで、ひっきりなしに人が訪れる。

その間、隠善は悶々《もんもん》とした日々を送っていた。

早く、本当のことを確かめたい。

はやる気持ちを抑えるのが苦しかった。

去年の秋、紅葉《もみじ》の盛りの頃のことだ。

美都子《みつこ》のタクシーのお客様と知り合った。多賀昌枝《たがまさえ》だ。長く美容師の仕事をしており、先年、夫を亡くされて元気を失くしていた。昌枝を慰めるために鴨川のほとりで、「出町《でまち》ふたば」の豆餅《まめもち》を美都子と三人で食べた。その帰りがけのことだ。美都子が駐車場からタクシーを回してくる間に、昌枝に思わぬことを話しかけられた。

「お二人は、姉弟に間違いないて思うてました」

隠善は、

「ずっと、姉のように思うてましたし、美都子お姉ちゃんも一緒みたいです」

と答えた。ところが、昌枝はこんなことを言う。

「うち、若い頃、観相学……人相で人生を占うことしてたんです。例えば、吊《つ》り目の人は気が強いとか、口が大きい男の人は我慢強くて出世するとか」

「あ、それは聞いたことがあります。それが何か……」

「お二人は、一見、ぜんぜん似てへんように見えますが、耳がそっくりなんです。福耳言いますやろ。耳たぶが、ちょっと他には見ないほとに垂れてはる。それだけやのうて、耳の厚み、大きさ、立ち具合も瓜二つなんです」

隠善は、懐《ふところ》からスマホを取り出し、今さっき撮ってもらったばかりの三人の写真を見た。美都子と自分の耳を見比べる。たしかに、そっくりだ。頭の中が真っ白になり、どう返事をしていいのかわからず、戸惑っていると、昌枝が、

「かんにんや。うちの勘違い勘違い」

と言った。隠善も、

「はい、勘違いや思います」

と答えたものの、心の奥底に閉じ込めていた「あの日」の出来事が思い出された。それは、中学二年のときのことだった。

剣道の部活で、土日に学校で一泊の合宿をすることになった。同じ釜のメシを食べて、団結を深めようという伝統行事だ。初日の昼ご飯のとき、下着のパンツを忘れたことに気付いた。急げば、午後の練習には充分に間に合う。隠善は、家まで自転車を飛ばした。

「忘れ物をした」なんて知られたら、父親の隠源《いんげん》に怒鳴《どな》られるに違いない。こっそり裏門から忍び込むように家の中に入った。自分の部屋からパンツをコンビニのレジ袋に入れてそっと抜け出そうとすると、居間から父・隠源と母・千代《ちよ》の声が聞こえてきた。

「かんにんや、お前には頭が上がらん」

「なに言うてますの、あんた」

いつもは威厳《いげん》のある父が、なぜか母に謝っているようだ。隠善は、柱の陰で聞き耳を立てた。

「あんたにとっては、善男《よしお》とおんなじように大事な子どもやないの」

善男とは、隠善の俗名だ。

「そやけど、わてはなんもしてやれんのが辛《つろ》うて」

「それでも、立派に育たはったやないの」

「それはもう……」

「おんなじように大事な子」とは誰のことだ。間違いない。父親は、どこかに女がいて、子どもがいるのだ。そして、そして……なんと母はそのことを承知している。さらに両親の会話は続いた。

「ええか、千代。死ぬまで善男には内緒やで、ええな」

「心得てます、あんた」

愛人？　それとも……？　時代はともあれ、商家の旦那衆や、政治家ならありうるかもしれない。だが、父は仏門に帰依《きえ》した者。それは、仏の教えに反するのではないか。善男は、頭の中がぐるぐると回り、気付くと中学に戻っていた。午後の練習には気が入らず、先生に叱られどおしだった。

合宿から帰っても、父と母の顔をまともに見られない。

そのすぐあと、学校の帰りに文具店「マル京」で、万引きをしてしまった。なぜ、そんなことをしてしまったのか、自分でもわからなかった。きっと心が不安定になっていたのだろう。何日も何日も考え続けた。それは、いったいどんな子なんだろう。自分よりも年上？　年下？　男だろうか女だろうか。

万引きのことを知った美都子が、「マル京」のご主人と相談して、美都子が立て替えたことにしてくれた。その礼を言うために美都子に会った際、つい、

「うちのお父ちゃんとお母ちゃんの内緒話聞いてしもうたんや……」

と漏らしてしまった。よほど苦しくてたまらず、誰かに話したかったのだろう。

「お父ちゃん、どこぞに女の人がいてるらしいんや」

と言うと、意外にも美都子は、

「それがどないしたんや？　うちなんか、お父ちゃんおらへんのや。その上、どこにいてるか、どこの誰かもわからへん。善坊《よしぼう》は、お父ちゃんいてはるやないか」

隠善は、「まずいことを言ってしまった」と反省した。美都子は続けて、

「その上、一人っ子やと思うてたんが、兄弟《きょうだい》がでけたとしたら、そんな幸せなことないやないか。それになぁ、善坊はお父ちゃん、信じてへんのか？」

と問われた。

「え？　……い、いや、信じてへんことは……ない」

「ええか、善坊。お父ちゃんもお母ちゃんも、内緒にする理由があるはずや。人は生きてたら、いろいろある。うちかて、人に言えん悩みがある。ただな……」

「なに？」

「うちは善坊のこと、信じとるさかい。あんたもお父ちゃんのこと信じてあげなはれ」

隠善は今も、「あの日」の会話をはっきりと覚えている。覚えてはいるが、この二十年余り、心の奥底に沈めるように封じ込めて生きてきた。それが、まさかまさか、昌枝のひと言で蘇《よみがえ》ってくるとは……。

隠善は松本《まつもと》駅から琴子《ことこ》に電話をかけた。祇園の屋形《やかた》の女将だ。

「あら、隠善さん。ご無沙汰してます。なんやお手伝いで信州のお寺に行ってはるて聞いてましたえ」

「今、松本です。これから高速バスに乗ります。京都駅に着いたら、そちらへ伺いたい思うんですが、お時間いただけますでしょうか」

「なんですの？」

「伺いたいお話があります」

「……それは？」

「美都子お姉ちゃんと……僕のことです」

隠善の固い口調に、電話の向こうの琴子が一瞬黙り込んだ。

「……へえ、お待ちしてます。お気をつけておこしやす」

小鈴は、総合病院の入口でボーッと立ち尽くしていた。頭が混乱して整理がつかない。院長室のドアの前まで行き、ついつい聞き耳を立てた。そのせいで、思いもしない話を聞いてしまった。美都子と隠善の顔が思い浮かぶ。二人に知らせるべきかどうか悩んだ。でも、答えが出ない。そこへ声をかけられ、我に返った。

「どないしたん？　小鈴ちゃん」

振り向くと、微笑む美都子が立っていた。

「い、いえ、なんでもないです」

「そんならええけど、気分が悪いんやったら先生に診てもらう？」

「ううん、大丈夫です」

心臓がバクバクする。まさか、目の前に美都子が現れるとは思ってもみなかった。

「そやけど、青い顔してるんと違う？」

「し、失礼します」

小鈴はピョコンとお辞儀をし、美都子から逃げるようにして去った。

背中に美都子の視線を感じる。しばらく歩いて角を曲がると、本能寺《ほんのうじ》の境内に迷い込むように入った。本堂の階段に腰を下ろす。ひんやりとした石の冷たさが、身体に伝わってくる。

スマホの電話が鳴った。

バッグから取り出すと、美都子からだった。

「もしもし、小鈴ちゃん？」

「美都子お姉ちゃん、さっきはごめんなさい」

「ほんま具合が悪いんと違うん？　それとも、なんや悩み事？」

心の中に仕舞い込んでおくには重すぎる。つい、

「う、うん……」

と、答えてしまった。

「もしよかったら、この後、もも吉庵で話を聞こか？」

「……もも吉庵はあかん」

「なんでやの、小鈴ちゃん？」

「もも吉お母さんのおらんところがええから……」

「え？」

美都子が一瞬、戸惑う空気が伝わって来た。

「今日はお母さん、一日留守や。いろいろ用事があってな、夕方からもお茶会の友達と会食があるて出かけてるさかい大丈夫よ」

小鈴は、小声で答えた。

「わかりました。じゃあ、伺います」

小鈴がもも吉庵を訪れると、L字のカウンター角の丸椅子に座ったおジャコちゃんが、

「ミァウ〜」

と鳴いて出迎えてくれた。気品あふれるメスのアメリカンショートヘアーだ。

「美都子お姉ちゃん……」

「どないしたん？　あらたまって」

美都子の隣の丸椅子に腰かけると、おジャコちゃんが甘えるようにして膝の上に乗ってきた。

「あんな、あんな……」

また、おジャコちゃんが鳴いた。

「ミャウ〜」

「うち、聞いてしもうたんよ」

「どないしたん？」

「あんな……」

小鈴が話を終えると、美都子は目がうつろになった。そして聞き取れないくらいの声で、

「嘘や」

と、呟いた。小鈴はどうしていいかわからず、声をかける。

「大丈夫？　美都子お姉ちゃん」

「うん、大丈夫や。小鈴ちゃん、教えてくれておおきに」

おジャコちゃんが、小鈴の膝から飛び移り、また鳴いた。

「ミァウ〜ミャウ〜」

それは、「落ち着いて、落ち着いてね」と言っているように聞こえた。

もも吉は、「大西常商店」の近くで小鈴父娘と別れたあと、総合病院に院長の高倉を訪ねた。今朝がた電話があり、「大切な話があるので来てほしい」と言う。

訪ねるなり、高倉が切り出した。

「困ったことになったんや」

「なんですの？」

もも吉は、眉をひそめて問い返した。

「美都子ちゃんと隠善さん、付き合うことになったそうなんや」

「なんやて！」

もも吉は、息を呑んだ。それでも心を冷静に保ち言った。

「最近、美都子と隠善さんは、よう二人であちこちのカフェに甘いもんを食べに出かけてるようどす。そのこと、実はうちも気になってて、悪いことが起きんように祈ってました。そやけどそれは、藤田《ふじた》ホールディングスの社長はんとの恋が終わってしもうて、落ち込んで何も手の付かへん美都子を、隠善さんが励まそうとしてのことやと思うてたんどす。いいえ、そう思い込もうとしてたんや」

「うん、実は私も、二人が長楽館《ちょうらくかん》でスイーツ食べてるところを見かけたことがあるんや。そやけど、こう言うてはなんやけど、隠善さんは奥手《おくて》も奥手。心配することはない思うてました。ところがなんや……」

「何かあったんどすか？」

「うちの患者さんでなぁ、多賀昌枝さんいうお人がいてて、美都子ちゃんにリハビリの送り迎えをお願いしてるんや。それが縁で、昌枝さんが美都子ちゃんと隠善さんと一緒に甘いもんを食べに出かけたときに聞いたんやそうや」

「……なんて？」

「つい最近、美都子ちゃんと隠善さんが付き合うことになったたて……恋人同士なんやて言うたて」

「どちらが？」

「美都子ちゃんが言うたんやそうや」

もも吉は言葉を失った。それでも気を確かに持たなくてはと、丹田《たんでん》に力を込めた。

「それはいつのことどす」

「隠善さんが、信州のお寺にお手伝いに行くて言うてはった頃やから、三月《みつき》余り前のことやな」

「ということは、付き合ういうても……」

「うん、ようはわからんけど、隠善さんが戻ってきはってからやろうなぁ」

もも吉は、どうしたら良いのかと頭を巡らせた。が、心が波打って何も浮かばない。高倉が言う。

「隠善さんはご存じの通り、生真面目《きまじめ》で女の子とまともに付き合うたことのない純朴《じゅんぼく》なお人や。片や美都子ちゃんは、花街《かがい》で生きてきた芸妓《げいこ》や。実際、大勢の男性から言い寄られたことがあるて耳にしてる。まさか、その二人が仲良うなるなんて、思いもせなんだ。今になって、二人が姉弟やったなんて知ったら気の毒すぎる」

高倉は、腕組みをして眉《まゆ》を寄せた。

ゴトッ。

院長室のドアの向こうで、何かがぶつかる音がした。

「なんやろう」

と言い、高倉が立ち上がってドアを開けた。人影はないが、慌てて駆け出す足音が聞こえた。もも吉は、高倉と一緒に廊下へ出た。すると、院長の秘書の橘と出合い頭になった。橘に尋ねられた。

「何かありましたでしょうか？」

高倉が反対に尋ねた。

「何かって？」

「いえ、小鈴ちゃんが慌てて部屋から飛び出してきて……尋ねる暇《ひま》もなくエレベーターに乗り込んでしまわれたので」

高倉が腕組みをして、もも吉を見る。

「聞かれたみたいやな」

「へえ。これは悠長《ゆうちょう》なこと言うてる暇はありまへん」

「どないするんや」

「隠源さんに相談します」

「そやなぁ、お二人の問題やさかいになぁ」

「へえ」

「どないしたんや、胸を押さえて。どこか痛むんか」

「いえ、なんもあらしまへん」

　胃の辺りがキリキリと痛むのは本当だった。だが、もも吉が手で押さえたのは、帯にはさんだ名刺入れだ。今からもう四十年余りも前のこと。八坂神社で引いた「凶」のおみくじが入っている。あの時、辛いことが立て続けに起きた。

　恋の終わり。

　母の急逝《きゆうせい》。

　あらぬ噂。

　自分の心を支えられなくなり、神様にすがった。

　そんな時、引いたおみくじが「凶」だった。神様にまでも、突き放されてしまった。そう思い、捨て鉢《ばち》になったとき、幼馴染《おさななじ》みの琴子と恭子《きようこ》が励ましてくれた。

「ももちゃん、凶いうんは縁起《えんぎ》がええて、母から聞いたことがあるよ」

「なんで？　縁起がええんは大吉やないの」

「今が一番に悪い時やさかい凶なんやて。あとは底から上に上がるだけなんやて」

　そう琴子が言うと、料理旅館の家に生まれ、早くに両親を亡くして苦労してきた恭子が頷いた。

「うちもお客様から耳にしたことがあるわ。凶いうんは、努力して『吉』に変えていきなさい、いう神様の思《おぼ》し召《め》しなんやて」

もも吉は、あの時、なるほどと思った。「あとは上がるだけ」と考えたら、心がスーッと軽くなった。凶のおみくじは、おみくじ掛けには結ばず、名刺入れの中に仕舞い、以来、辛いことがあるとそっと開いて眺める。そして、

「もも吉、なにしてるんや。もっとお気張りやす」

と、自分を励ますのだ。

ところが、気張って気張って生きてきた末に、まだこんなことが起きようとは思いもしなかった。いや、ひょっとすると、この日が訪れることを予期していたのかもしれない。いつか、自分の行《おこな》いを償わなければならない日が訪れることを……。

もも吉は、このあとの茶会の友人たちとの会食をキャンセルし、満福院《まんぷくいん》を訪ねた。

「どないしたんや」

「上がらせてもろうてもええか？」

隠源は、もも吉の顔色を見て、ことの次第をすぐに察したようだ。院長の高倉から聞いた話を、そのままに伝えると、一言、

「そうか」

と呟き、悲しげに瞳を曇らせた。

もも吉は、満福院の方丈《ほうじょう》の縁側に座り、小さな溜息をついた。綻《ほころ》びたばかりのソメイヨシノが、枯山水《かれさんすい》の庭の壁の向こうから顔を出している。もも吉の隣で、やはり庭を向いて座る隠源が言う。

「まさか二人が、ほんまに好き合うようになるとは思いもせなんだ」

「因果応報《いんがおうほう》いうんはこのことやな」

「うちもや」

「へえ、そう思います」

「どないしよう」

「……どないしよう」

「わての責任や。わてがあかんかったんや」

「何言うてますのや。あんたは少しも悪うない。ただ、ご両親や親戚のお人らのために、自分の人生を捧《ささ》げてきたんやないですか。誰もあんたを責めたりはせえへん。美都子を生んだ、うちの責任や」

「もも吉こそ、なんも悪うない。悪うないのに、神様も仏様もなんでこないな仕打ちされるんやろか。まったく世の中いうんは、不条理やなあ」

「ほんまやなあ」

「こないなところで、二人で溜息ついてても仕方ないな」

「へえ、今夜にでも美都子と隠善さんに、ことの次第をぜんぶ話して謝ろう思います」

「わかってくれるやろか」

「赦《ゆる》されんことや思います。それでも謝るしかあらしません」

「そやな、赦してもらえるはずもない。それでも謝るしかないなぁ。わても頭下げる。地べたに頭こすりつけて謝ろう思う」

もも吉は、覚悟をした。ただ、美都子と隠善の気持ちを慮《おもんぱか》ると、心が千切れるほどに辛かった。隠源が、ふと漏らした。

「かんにんや、美都子ちゃん……かんにんや隠善」

美都子が総合病院の院長室に電話をすると、秘書の橘がすぐに高倉院長に取り次いでくれた。その口調は、なぜか美都子から、電話がかかってくることを前もって予期していたように感じられた。高倉は在室しているので、お待ちしていますとのことだった。

美都子は取るものも取りあえず病院へと駆けた。

「いつもお世話になってます」

「美都子ちゃん、そこかけてや」

そう促されて、美都子はソファーに座る。高倉は、

「なんの用やった、急ぎて」

と、作り笑いとわかるような笑みを浮かべた。

「お聞きしたいことがあります」

「うん」

「うち、隠善さんと付き合うことになりました」

一瞬、高倉の瞳が陰った。

「そうか」

「ええんでしょうか、うちたち付き合《お》うても」

高倉は、大きく溜息をつくと、美都子をじっと見つめて言った。

「わかった。観念や。ぜんぶ話すさかい、私の話を聞いてくれるか？　少し長《なご》うなる思う」

中学生の頃、そして二十代の頃と二度、高倉に「うちのお父ちゃん、誰なんか知ってますか?」と尋ねたことがある。いずれも、「かんにんや、知らへん」という返事だった。しかし今回は、思うよりもすんなりと「知っている」ことを認めてくれた。

「へえ、聞かせてください」

「これは、私が大学卒業してこの病院にインターンとして勤務してた頃の話や。父親と看護師長に呼ばれて、『誰にも祝福されんことを承知で、赤ちゃんを産もうと覚悟しはった女性がおる。お前には、その出産の手伝いをしてもらうさかいに、これから話すことはけっして口外無用やで、て命じられたんや。もも吉お母さんが苦労人やて話は、お母さんから聞いたことはあるやろ」

「へえ」

「そのへんのことも含めて、ぜんぶ話そう思う」

美都子は、背を正して息を呑んだ。高倉は上向き加減に遠くを見つめるような素《そ》振《ぶ》りをしたあと、おもむろに語り始めた。

「もも吉お母さんは、知っての通り、祇園甲部《ぎおんこうぶ》で一番の芸妓やった。家業がお茶屋で、ゆくゆくは母親から女将の仕事を継ぐことになってたさかい、誰に気ぃ遣うこともいらん。男はんに媚《こ》び売ってまでお座敷に呼ばれようとせんでもええ。それが却って、人気を博す因《もと》になったんやな。星の降るほどいくつもええ縁談があったらしい。それでもなかなか、尊敬でける人柄、生き方の合うお人に出逢わへんまま、三十路《みそじ》を迎えたある日のことやったそうや」

もも吉は、京都大学の有名な教授のお座敷に出た。その日は、珍しく、大学院の教え子らを引き連れていた。教授は普段、謹厳実直《きんげんじっちょく》な人柄だが、お酒が入ると人が変わることで、花街では有名だった。そのお座敷で妹分の舞妓《まいこ》が、教授に無理矢理にお酒を飲まされようとしたのを、もも吉は我が身を挺《てい》して救った。

その際一人の院生が、もも吉と一緒になって教授の悪行《あくぎょう》を制してくれた。学内での自分の立場が不利になることも顧《かえり》みず、「弱きもの」に手を差し伸べ「正義」を貫く姿勢に、もも吉は惹かれたという。

高倉は言う。

「それが、若かりし日の隠源和尚《おしょう》や」

美都子は、何も答えず頷いて返した。推測していたこととはいえ、はっきりと「隠源」の名を聞くと、心が昂《たか》ぶった。手に汗がにじむ。高倉の話は続いた。

もも吉にとって、恋焦《こ》がれるのは初めてのことだったという。そのお座敷から幾《いく》日《にち》が経っても、心の中から院生の顔が消えない。それどころか、どんどん膨らんでいき、気付くと「惚れてるんや」と思うようになった。

しかし、相手はいくつも年下だ。自分は花街の人間。しょせん住む世界が違っている。会いたいけれど、会えるわけがない。ましてや、今よりももっとしきたりや習わしにうるさかった時代のこと。「もも吉は、学生さんに逆上《のぼ》せてる」なんて噂が立とうものなら、芸妓の仕事に支障をきたすことは目に見えている。

ところが、思いもしないことが起きてしまった。

もも吉が書店に出かけたときのこと。棚に並べてある映画雑誌を取ろうとすると、横からスーッと手が伸びた。ふと、その手の主の顔を見上げると、なんとお座敷の想い人だったという。

「どちらからともなく誘って、お茶をしに行ったそうや。その店の名も聞いてる。河原町《かわらまち》の六曜社珈琲店《ろくようしゃコーヒーてん》や。そやから、私は今でもその店に入るたびに、なんや胸がドキドキする。……まあええ、話の続きや」

若き日の隠源は、もも吉に言った。

「もも吉さんは雲の上の人やて思うてました。お座敷で、もも吉さんに惚れてしもうたて言うたんは本心です。後輩の舞妓さんをかばって潰《つぶ》れそうになるまでお酒飲むのを見て惚れてしもうたんです」

それに応《こた》えて、もも吉も素直に気持ちを伝えた。

「うちもどす」

花街の女の言葉など、信じてはならないという人もいる。しかし、もも吉は、生まれて初めて男の人に「惚れて」しまったという。その後、二人は時を忘れ、閉店の時間までお互いの生い立ちについて話した。もも吉は、たいていのことには驚かない。様々な人の喜怒哀楽《きどあいらく》をその眼で見てきたからだ。しかし、隠源の語る話はあまりにも過酷で、聞いていて涙がこぼれるほどだったという。

高倉が、哀《あわ》れげな瞳で言う。

「それを数奇な運命いうんやろうか」

「数奇な運命て、どないな？」

美都子は、いつもお道化《どけ》てばかりいる隠源しか知らないので、とても想像がつかなかった。

「知っての通り、隠源和尚が住職を務める満福院は、鎌倉時代開山の名刹《めいさつ》や。寺を継ぐんは、三つ年上のお兄さんと決まっていたそうや」

「寺の長男に生まれた宿命どすね」

「そうや、宿命や。そやけど、その宿命が次男の隠源さんにも襲いかかった」

「え？」

美都子は、まったく知らない話に知らず知らず引き込まれていった。

隠源が小学一年生のとき、父方の遠縁にあたる和歌山《わかやま》の寺から「隠源を養子にもらえないか」と打診があったという。跡継ぎの子どもができず、もしも住職が亡くなりでもしたら、奥さんは寺を出ていかなくてはならない。それで、親類から養子を迎えて、継がせたいというのだ。世間では珍しい話ではあるが、仏門《ぶつもん》の世界では当たり前のように行われてきたことだった。

そこで、隠源の両親は、隠源を春休みや夏休みに和歌山の寺へ泊まり込みで遊びに行かせた。そのうち、「和歌山のおじさんち」ということで、情も生まれて親しくなった。時は流れ小学五年生のとき、両親はそろそろ頃合いかと思い、養子の話を切り出したという。

「隠源さんは、子どもながらも素直に受けたそうや。辛い言うたら、辛い。そやけど自分が養子に出れば、みんな上手くゆく。実の両親も、隠源さんのことが嫌いでするわけではないこともわかっている。誰が可愛い息子を好きで余所《よそ》に出すかいな」

美都子は、その時の隠源の気持ちを考えると胸が痛んだ。

「隠源さんは小学六年生のとき、正式に和歌山の寺へ養子に入った。元々、賢い子でなぁ、門前《もんぜん》の小僧習わぬ経《きよう》を読む、のことわざ通り、あっという間におおかたのお経を覚えてしもうたて聞いてる。もう十年もすると住職を継ぐことになるんやさかい、養父母は『やっぱり見込んだだけのことはある』て喜んでくれたそうや。ところが、あらぬことが起きてしもうたんや」

「あらぬこと？」

「それは、隠源さんが、中学二年のときやったそうや。養父母に、赤ちゃんが生まれた。それも男の子や」

「え⁉　なんですって」

「そこから、隠源さんの人生は、まるで運命にもてあそばれるようにして変わってしもうたんや」

美都子は、この先を聞くのが怖くなった。それでも、じっと高倉を見つめて耳を傾けた。

「隠源さんは僧になるため、臨済宗《りんざいしゆう》の関係の高校へ進学するつもりでいはった。それを急遽《きゆうきよ》、公立高校に進路変更したんや。そして養父母に頼み事をしたそうや『義弟に寺を継がせてください。自分は歴史学者になりたいので、大学院まで行かせてほしい』てなぁ」

はじめ養父母は反対したという。それでも隠源は頑《かたく》なに意地《いじ》を通し、寺の跡継ぎを義弟に譲った。そして、京大院生となったとき、祇園のお座敷で、もも吉と運命の出逢いを果たすことになった。

隠し事を好まないもも吉は、母親に隠源と付き合っていることを打ち明けた。「芸妓が、年下の学生さんと浮名《うきな》流してどないするんや」と叱られると思っていた。ところが、案ずるより産むが易《やす》し。「うちも美術学校の画学生やったお父ちゃんを、一人前の芸術家になるまで支えたんやで」と言われ、心を決めた。隠源が立派な学者として世に認められるまで、陰となって支えて行こうと。

それからというもの、もも吉はバラ色の人生だったたという。芸妓という仕事柄、おおっぴらにデートできるわけではない。休日には少し離れた大津《おおつ》、ときには神戸まで出かけて喫茶店でおしゃべりをした。好きな人ができるということは、何よりも大きな力が湧いてくるものだという。もも吉は、今まで以上に舞に精進《しょうじん》した。

「ところがや……」

高倉の表情が、急に硬くなる。

「またまた思いもせんことが起きてしもうた」

「思いもしないって？」

「隠源さんのお兄さんが、北アルプスで亡くならはったんや。そう、実家の寺を継ぐはずやったお兄さんや。山で遭難しはってなぁ」

隠源の兄は、大学の登山部だった。卒業後もOB会でパーティーを組んでときどき山に登っていた。周りはもしものことを案じて心配してたらしいが、「山伏の滝行に比べたらなんでもない」と言い、笑っていた。ところが、その「もしも」が起きてしまった。

そのことが、隠源の運命をさらに捻《ね》じ曲げることになった。

「もも吉は、お兄さんの訃報《ふほう》を聞いたとき、悪い予感がしたそうや。そして、その予感は現実のものとなってしもうた」

美都子は、高倉が口にするよりも先に言った。

「実家のお寺、つまり満福院の住職を継ぐことになったんですね」

「その通りや。養子に出した先の寺では、跡継ぎが生まれ隠源さんは用済みや。今度は、実家のお寺では跡継ぎがいなくなってしもうた。隠源さんは、考えはった。間違いなく、実の両親は戻ってきて満福院を継いでほしいと思っている。そやけど、そないなこと口にはできひんに違いない。そこんところを隠源さんは慮って、申し出たんや。『僕に寺を継がせてほしい』て」

もも吉は、幼い頃から、お茶屋の一人娘として家業を継ぐ覚悟でいた。花街の仕事が大好きで、他の道を考えたこともない。寺と同じで、跡継ぎのいない商家は、ゆくゆくは廃業を迫られてしまう。

芸妓として、あるいはお茶屋の女将のまま寺に嫁《とつ》ぐことはかなわない。もし、お座敷の仕事を放り出して寺に嫁ぎたいと言っても、檀家《だんか》の人たちがそうそう快く迎えてはくれないだろう。

「隠源さんが、『寺を継ぐことにした』と言うと、もも吉お母さんは『それがええ思う』と答えたんやそうや。もも吉お母さんは、こう言うてはった。『実家のご両親を見捨てるようなお人やったら、こっちから願い下げや』てなあ。隠源さんはそのあとすぐ、大学院に退学届けを出して、僧籍を得るために山寺に修行に行かはった。もも吉お母さんは、見送ることさえもかなわんかった。山寺の方を向いて、『おおきに、さようなら』て言わはったそうや」

美都子は、胸が詰まり苦しくなった。これを「抗《あらが》えぬ運命」と言うのだろうか。当時の母親の気持ちに自分を置き換えると、居ても立ってもいられなくなった。

しかし、話にはまだ先があることが分かっていた。

聞きたい。

でも、怖い。

高倉が、そんな美都子の顔色を窺《うかが》いつつ、言った。

「大丈夫か、美都子ちゃん。ここからが大切な話や。ちゃんと聞けるか？」

「へえ、先生……」

膝の上で手を固く握りしめ、高倉を見つめて頷いた。


隠善は京都駅から直接、琴子の屋形を訪ねた。

「おかえりやす」

「……すみません、急に押しかけてしもうて」

「いつか、こういう日が来るんやないかて、心配で眠れんこともありました」

隠善は、琴子に問い質《ただ》すつもりでやって来た。しかし、動揺するでもなく穏やかな顔つきの琴子に、平静を努めて言った。

「教えていただけますか？」

「へえ、そのつもりでお待ちしとりました」

琴子は、もも吉の幼い頃からの友達だ。もも吉に、もしも隠し事があったとしても、琴子に尋ねればわかるに違いないと思っていた。もちろん、そんな無粋《ぶすい》なことはしたくない。でも、それは隠善自身の人生に関わる一大事でもある。確かめないわけにはいかない。

座敷に通され、机をはさんで向かい合った。

「お茶を……」

と言いつつ、急須を手にした琴子を手で制した。

「お気遣いなく。それより聞かせていただけないでしょうか？　はっきりさせせんと僕は前に進めへんのです」

「噂、聞いてますえ。美都子ちゃんと、よう甘いもん食べに出かけてるそうどすなあ」

「はい」

「かなり昔の話になります。遡《さかのぼ》って話さんとあかんさかい、聞いておくれやす」

琴子は悲しげな眼をして、隠善の瞳を捉えた。

そして、とつとつと話を始めた。

「まず最初に、隠源さんの幼い頃のことから話させてな」

琴子がする父親の話は、隠善のまったく知らないことばかりだった。

和歌山の遠縁の寺に求められて、小学校のときに養子に入ったこと。

その寺で、跡継ぎとして大切に育てられたこと。

ところが、その寺の養父母に、男の子が生まれてしまったこと……。

父は、養父母の気持ちを慮って、その男の子に住職を譲ったという。その後、元々興味のあった歴史を極めたいと、京都大学に進学した。そして大学院の時、たまたま担当教授に連れて行かれた祇園のお座敷で、もも吉と出逢ったという。

「二人は、恋に落ちたんや。うちはよう、ももちゃんのノロケ話を聞かされたもんや。ももちゃんは、隠源さんが一人前の学者になるまで、陰となって支える決意をしはった。そんな幸せな日々が続いたある日、訃報が届いたんや」

隠源の兄が遭難。

北アルプスで尾根から滑落したという。

隠善が初めて父親に兄がいたことを知ったのは、小学三年生くらいのときだった。年輩の檀家さんから「お兄さん、可哀《かわい》そうなことやったなあ」と耳にしたのだ。家に帰ると父親に、「僕におじさんがいたて聞いたけど、どないな人やったん」と尋ねると、「賢い兄貴やったよ」と答えた。しかし、それ以上のことを話してくれない。それで今度は、祖父に尋ねた。すると、「山で遭難してしもうてなぁ」と、涙を浮かべ、「人の運命いうんは、ほんまにわからへんもんや」と天井を見上げて言った。隠善は、それ以上「聞いてはいけないこと」だと感じ、以降、尋ねることはしなかった。

満福院の跡継ぎを亡くした隠源の両親は、悲しみに明け暮れた。

しばらくして、隠源は両親が何を考えているかを察するようになる。満福院に戻ってきてもらい、住職を継いでもらうことだ。かといって、いったん養子に出した息子に、「事情が変わったから戻ってくれ」と言えるものではない。そこで隠源は、自ら「満福院に帰らせてほしい」と頼んだと言う。

それは、同時にもも吉との別れを意味していた。花街でも、檀家の間でも、芸妓と僧侶が一緒になることは許されるものではなかったからだ。

「ももちゃんは、毎晩のようにうちへ来て、泣かはったんや。それでもうちは、なんもしてあげられへん。ただ、『辛いなあ辛いなあ』と背中をさすってあげるしかのうて……」

隠善は、頷くこともなく耳を傾けた。

父ともも吉の、その時の気持ちを考えると、心がよじれて息が苦しくなった。

「隠善さん、大丈夫どすか?」

「父にそんなことがあったとは……」

「ここから、一番大事な話になりますさかい、心して聞いてな」

「はい」

琴子の顔つきが、険しくなった。

「隠源さんはももちゃんに別れを伝えたあと、すぐに山寺へ修行に入らはった。その少しあとのことや。ももちゃんは身体の異変に気付かはった。まさかと思うたけど、母親の紹介で総合病院で診察を受けたところ……『おめでたや』て」

　隠善は、自らの心を支えながら言った。

「それが、それが……美都子お姉ちゃんなんやね」

「そうや、美都子ちゃんや。ももちゃんとあんたのお父さんの娘や」

　隠善は、ここへ来るまでに「ひょっとしたら」と、いや「たぶん間違いない」と想像していたことだった。にもかかわらず、真実を聞かされて目眩《めまい》を覚えた。幼馴染みということで、ずっと「美都子お姉ちゃん」と呼んでいた人が、そして、恋心を抱き続けていた人が、実の姉であったとは……。

「ももちゃんは、そん時、こう言うてはった。『琴ちゃん、ほんま良かったわぁ。もし、隠源さんが修行に行く前に赤ちゃんができたこと知ったら、満福院を継ぐこと止《や》めて寺を飛び出したんやないかと思う。あの人は、そういうお人や。そないしたら、ご両親はどれほど悲しまはるかわからへん。良かったんや、良かった』て。うちはそれ聞いて、泣けてきました。それだけやあらしまへん。ももちゃんは、赤ちゃん産んで育てるて言うんや。世間様からはきついこと言われるに違いない。父親が誰か、明かせへんのやからなぁ。実際にももちゃんは、陰口だけやのうて『名前出せんお人の娘産んで、芸妓続けるとはえらい度胸やなあ』て、正面きって言われたこともあるんどす」

もも吉は、すべてを上手く収めるため、自分が口をつぐもうと決意したのだという。琴子はさらに話を続ける。

「不幸いうんは続くもんや。ももちゃんをもっとも理解してた、ももちゃんのお母さんが突然に病気で亡くならはった。茫然《ぼうぜん》とする中、慌《あわ》ただしく葬儀を済ませると、ももちゃんはお茶屋の女将の仕事を継いで店を再開させはった。ここからは隠善さんも聞いたことがあるんやないか思う。次期総理候補の代議士さんとの、でっち上げのスキャンダル記事が週刊誌に掲載されて、お茶屋は立ち行かんようになった。ももちゃんは、なんも悪いことしとらん。そやのに、なんで悪い事ばかり起きるんか。それでもももちゃんは、気丈にも一人で赤ちゃんを産んだんや」

「ひょっとして、総合病院で……」

琴子は、小さく頷き答えた。

「そうや、ももちゃんのお母さんのご贔屓筋やった、先代の院長先生が特別に計らってくれて部屋を用意してくれたんや。赤ちゃんの父親が誰なのかということは、高倉院長さんと助産婦の資格持ってはった看護師長、それにまだお医者さんにならはったばかりの息子さん、そう、今の院長先生しか知らへん。それに、仲良しの神楽岡別邸《かぐらおかべってい》の恭子《きようこ》ちゃんと、うち……それだけの秘密やった」

突然に、幼い子を抱えて花街に戻ったもも吉に人々は、

「やっぱり、週刊誌の話は本当やったんや。あの赤ちゃんは代議士さんの子や」

「ということは、もも吉お母さんは二号さんやったんや」

「なんや、店が繁盛《はんじよう》しとったんは政治家さんのおかげかいな」

「有頂天《うちようてん》になると罰《ばち》が当たるなあ」

などと、聞くに堪《た》えない噂をしたという。

琴子は、ここまで一気に話し終えたあと、ふと思い出したように言った。

「それでもなあ、隠善さん」

「はい」

隠善は、まだ何か良くない話が続くのかと身構えた。

「ももちゃんは、健気《けなげ》に前を向いて行こうとしたんや」

「健気……ですか」

「一番、辛い時、赤ちゃん抱いたももちゃんと、恭子ちゃんとうちと四人で八坂さんにお参りに行ったことがあるんや。どうぞ、神様、ももちゃん母娘が幸せになりますようにてなあ。そこで、ももちゃんが、おみくじ引いたんや。恐る恐る開いてみると、『凶』やった。恭子ちゃんとうちは、『気にせんでもええ』『そうやそう

や、早《は》よ、おみくじ掛けに結んで帰ろ』て励ましたんや」

ところがもも吉は、こう答えたという。

「うちは今、幸せや」

琴子は、キョトンとしてもも吉を見つめた。

「あの人の子を授かっただけで嬉しい。それに、あの人はいつか修行から帰ってくる。もう二度と、言葉を交わすことはあらへん思う。ううん、しゃべったらあかんのや。それでも、すぐ近くに居てくれることには違いあらへん。それを心の支えにして、大事に育てていこう思う。どないに陰口言われても平気や。こんなに幸せな今が『凶』やいうんやったら、この先、どれだけ楽しいことが待ってるかわからへんのやないかなぁ」

琴子も恭子も、もも吉が折れそうになる自分の心を、気張って気張って鼓舞《こぶ》しようとしているのだとわかった。

「うん、きっとそうや。今が『凶』いうことはあとは上がるだけ。ええことだらけや」

「そうやそうや、いつか『大吉』になるで」

そう二人して、もも吉を励ました。

「おおきに」と言い、もも吉は「凶」のおみくじを名刺入れに仕舞ってこう言ったのだという。

「このおみくじはお守りや。うちは、負けへん。必ず、この娘を幸せにするんや」

「琴子お母さん、僕はこれから美都子お姉ちゃんにこのことを話さんとあかん。どないして話したらええかわからへん」

「実はなあ、隠善さん。今頃、美都子ちゃんも、高倉先生から同じ話を聞いてるはずや。あんたがここへ来る少し前に、先生から連絡があったんや」

「え⁉　……美都子お姉ちゃん、可哀そうや」

「そやなあ、なんも声かけられへん」

隠善は、両手を膝に揃えて言った。

「琴子お母さん、お願いがあります」

「へえ、なんでっしゃろ」

「もも吉お母さんと、うちの父と、それに美都子お姉ちゃんと……みんなで一緒に話がでけるようしてもらえないでしょうか」

「そやな、それがええ。今晩、集まれるようにしまひょ」

隠善は、自分から頼みはしたものの、父親の顔を正面から見る勇気がなかった。

それよりも何よりも、美都子がもも吉にどんな顔をして会うのかと思うと心配でならない。母親を恨むだろうか。いや、もも吉を責めるわけにはいかないだろう。止むに止まれぬ事情があり、耐えてきたのはもも吉自身なのだから。

そこへ、玄関の方から声が聞こえた。

「ごめんください」

「あっ、あの声は」

隠善が廊下を小走りに渡ると、上がり框《がまち》に美都子が立っていた。

「聞いたんか？」

「うん……美都子お姉ちゃんも？」

「善坊も聞いたんやな」

美都子は、隠善の心配をよそに微笑んでいる。

「どないするんや？　もも吉お母さんにどない言うつもりや？」

「善坊の方こそ、どないなんや？　隠源さん困るやろなあ」

「うん」

「うちはもう、決まってるで」

「なんや、美都子お姉ちゃんもかいな。僕もや」

「そうか、気が合うなぁ」

「そりゃそうやろ」

何も言わなくても、気持ちが通じた。

「姉弟なんやから、合って当然や」

「うん、そやな」


もも吉は満福院を訪れていた。

方丈の縁側に隠源と二人して座り、「どないしよう」と互いに顔を見合わせては夜陰の庭を見つめていた。空には、おぼろ月が照っている。そこへ、もも吉のスマホが鳴った。琴子からだ。

満福院に来ていることを伝えると、今から、美都子と隠善を連れて行くという。総合病院の高倉院長も一緒だ。もも吉は、為《な》す術《すべ》のない自分が情けなく思えた。

琴子の屋形と満福院は、目と鼻の先だ。なのに美都子たちが来るまでの時間が、計り知れなく長く感じられた。

「うち、千代さんに顔向けできひん。あの世で怒ってはるんやないやろか」

もも吉がそう漏らすと、隠源が、

「何言うてるんや。千代はもも吉のこと、ほんまのお姉ちゃんみたいに慕ってたやないか。その千代が、もも吉を恨《うら》むわけがない」

と、きっぱりと言う。千代とは、先年亡くなった隠源の奥さんだ。

「千代さんが、あんたと一緒にうちを訪ねて来はったときのこと、よう忘れへん」

「あん時は、わても参ったで。修行から戻って、満福院の副住職に就いて、千代と見合い結婚してすぐのことやった」

「そうそう、あんたのあんな憐れな顔、他に見たことないわ」

「かんにんしてや、思い出すだけで恥ずかしい」

それは、もも吉が美都子を出産し三年ほどが経った、秋の日のことだった。

隠源が千代を連れ立って、もも吉のお茶屋を訪ねて来た。いや、正確に言うと、隠源の方が千代に引かれるようにして付いて来たのだ。

「はじめまして、つい先だって、満福院に嫁いで参りました、千代と申します。以後、よろしくお願いいたします」

「それはご丁寧に。こちらこそ、よろしゅう」

もも吉は、隠源と顔を合わせぬようにして、千代に答えた。ところが、千代が思わぬことを口にしだした。

「初めてお目にかかりますのに、ご無礼なことは承知しております。それでも、どうしても伺わんとならんことがあります」

もも吉は、訝《いぶか》しく思ったものの、

「なんですやろ？」

と、着物の裾を揃え直して尋ねた。

なんでも、隠源が檀家さんの法要に出かけた際、もも吉の噂が耳に入ったという。最近、人目を忍ぶこともなく、幼い女の子を連れて歩いているのをあちらこちらで見かける。その子の年は三つくらい。隠源は、「ひょっとして」と思った。それが、日にちが経つうちに、もやもやが濃くなっていく。かといって、直接、もも吉に会って尋ねるわけにはいかない。そこで、隠源は、かねてよりもも吉と親しかった総合病院の先代の高倉院長を訪ねた。

「教えてください。あの子は、私の子なんやないですか？」

高倉は、一言。

「かんにんや、何も言えまへん」

「そうですか」

それだけで充分に答えは出た。

とはいうものの、隠源はどうしていいのかわからない。これがまだ千代と結婚する前なら、還俗《げんぞく》して寺を捨て、もも吉と一緒になるという道も残されていたかもしれない。悶々《もんもん》として、本堂でご本尊を前にして経を読んだ。二時間、三時間……それが半日にもなると、さすがに千代が「うちの旦那は気がおかしくなったのでは」

と心配するようになったという。

「まだ夫婦になって日が浅いですが、うちはお互いに隠し事のない人生を添い遂げたいて思うてます。あなたの悩みは、うちの悩みです。話してもらえませんやろか」

と、隠源に問うた。隠源は、そんな千代の温かな気持ちにほだされて、それまでの生い立ちからもも吉との出逢いまで、すべてを吐露《とろ》した。千代は話を聞き終えるなり、「案内してください」と隠源に迫るように言い、取る物も取りあえずもも吉に会いに来たのだった。

「いつも連れて歩いていらっしゃる娘さんは、うちの人と関わりがあるんやないでしょうか」

もも吉は、逡巡《しゅんじゅん》した。本来なら「知りまへん」と、答えるべきだろう。隠源との仲のこと、そして美都子のことは永遠の秘密である。だが、それでは千代にまで嘘をつくことになる。それでいいのだろうか。千代の純真な瞳を見ていたら、ごまかしが効かないことを悟った。

「へえ、そうどす」

もも吉の心臓は破裂しそうなほど鼓動を打った。

千代は、少しショックを受けたように見受けられた。きっと心のどこかで、「間違いであってほしい」と願っていたのだろう。にもかかわらず、こう答えた。

「もも吉さん、ほんまのこと言うてくれておおきに。さすが祇園甲部一の芸妓やて尊敬しました」

「おおきに」

もも吉は、そう答えるだけで精一杯。わかってしまった以上、千代にどう詫びていいのかわからない。いや詫びるのもおかしい。悪いことをしたわけではない。それでも、千代を傷つけてしまったのだ。もし、自分が千代の立場なら、泣き出してしまうかもしれない。千代が言った。

「うち、こう思うんです」

「へえ」

「みんなが幸せにならんとあかん。そのためには、どないしたらええんやろうかて、みんなで考えなあかんて」

もも吉は、無意識に頷いていた。

「うちも、そう思います」

それで、美都子の父親のことは、みんなで口をつぐむことに決めた。美都子が立派に成人するまで、いや、その後もずっと、みんなで見守り幸せにしてあげようと。

千代はもも吉よりも、五つばかり年下であったが、その日から友達になった。きっと、辛いことを共有できたことで、心を通い合わせられたのだろう。


「あっ、声がしたで」

「へえ、聞こえました」

琴子と高倉。その後ろから美都子と隠善が、方丈の縁側へとやって来た。

美都子と隠善が、もも吉と隠源の前に並んで正座した。

その後ろに、琴子と高倉が座る。

雲が去った。

今宵は十三夜。

庭の砂紋が月に白く光っている。

風もない。

音もない。

沈黙が続いた。

もも吉は、覚悟して美都子と隠善を迎え入れたものの、どう切り出そうかと、迷ったあげく二人の方に向き直り、板張りの床に手をついた。

もも吉は、板張りの床に手をついた。

「かんにんや……」

と、頭を下げようとするよりも先に、美都子が口を開いた。

「お母さん……」

美都子を見ると、瞳が赤らんでいる。

「お母さん、おおきに」

「……」

「うちのこと産んでくれて、おおきに」

もも吉は、思いもしなかった言葉に身体が震えた。今度は、隠善が隠源に言う。

「おやじ、おおきにな。こないな素敵なお姉ちゃんを授けてくれて」

「な、なんやて」

もも吉は、何か言わなければと思うのだが、言葉が出てこない。隠源の様子を窺うと同じようだ。

「お母さん、高倉先生からみんな聞いたで。たいへんやったね。うちやったら辛うて死んでしもうてたかもしれへん。そんな中、うちのこと今まで育ててくれてありがとう」

「おやじがそないな苦労人やったなんて知らんかった。ほんま尊敬する」

琴子と高倉が、ハンカチを取り出して目を拭っている。もも吉は、精一杯堪えていたが、堪え切れず涙があふれてきた。隠源は、とうに目を腫《は》らしている。

「うち、高倉先生から話を聞いて、ようやくわかったことがあるんよ」

「なんやの？　美都子」

「もう十一年、ううん十二年も前になるかなあ。芸に厳しいお母さんに、いつもよりも険のある言い方で、『あんた最近、お稽古サボッてんと違うか』て叱られたやない。ムッとして『そんならうち、もう芸妓やめるわ』て言うて、芸妓をやめてしもうた。それはお母さんの企みやったんやね」

「企みて……そないな人聞きの悪い」

もも吉が返答に困っていると、隠源が答えた。

「その通りや、美都子ちゃん。もも吉は、あんたにお茶屋の女将いう仕事を継がせとうなかったんや。もし、家がお茶屋やなかったら、もし、お寺やなかったら……わてと一緒になることもでけたかもしれん。美都子ちゃんに辛い目をさせへんために、お茶屋を畳むタイミングを見計らってたんや。自由な人生を歩んでもらいとうてなぁ」

「やっぱりそうやったんや。うち、すっかりお母さんの手のひらの上で遊ばれてたんやね」

「美都子、あんたさっきから口が悪いで」

「こんな時くらい、赦してえな」

美都子がそう言うと、みんなが笑った。気付くと、つい先ほどまで寺内に張り詰めていた空気が和らいでいる。今度は、隠善が口を開く。

「僕、琴子お母さんから話を聞いていて、一つわかったことがあるんや。僕が幼稚園のとき、おやじが近所の人らに声かけて、子ども書道教室を始めたやろ。そん中に、美都子お姉ちゃんもいた。みんなで鴨川で遊んだり花火や餅つきする方が楽しゅうて、ええ友達がぎょうさんでけた。実はその教室は、僕と美都子お姉ちゃんを仲良うさせるためのもんやったんやないん？」

「その通りや。千代とももも吉が相談して考えたんや。わては子どもに字ぃ教えるんは面倒やから嫌やて言うたんやけど、『週に一度、大手振って美都子ちゃんに会えるんやで』て千代に押し切られたんや」

美都子が、囁《ささや》くように言った。

「おおきに……お父さん」

「え？」

「お父さん」

「な、な、なんや……」

「ずっと、そう呼んでみたかったんや。呼ばせてぇな、お父さん」

「か、かんにんや、美都子」

隠源は、もう幼子のように泣きじゃくっている。


「こんばんは～」

「あれ、玄関で誰か呼んではる」

琴子が気付くと、みんなが振り返った。

「こんばんは！」

「うちが見てくる」

と、美都子が言い立ち上がった。なにやら、会話が聞こえたかと思ったら、美都子は若い女性を連れて戻って来た。ショートカットに萌黄色《もえぎいろ》のワンピース、まつ毛が長く、クリッとした可愛らしい瞳をしている。

「夜分に恐れ入ります」

「どなた様でしたでしょうか？」

と、隠源が尋ねる。

「うち、櫻田花《さくらだはな》と申します」

「櫻田て、大女将の……」

「はい、『吉鳳亀広』の奈緒子《なおこ》はうちの祖母になります」

「え!?　ということは……隠善のお見合いの相手の娘さんかいな」

「はい」

「それがなんで……」

「うち、ようわからへんのです。理由も聞かされんと、『あの話は無《の》うなった』て祖母に言われて。ほんま言うと、まだ結婚なんて遠い先のことやて思うてました。やりたいことぎょうさんあるし。そやけど、祖母から『絶対保証付きのええ男はんや』て勧められまして。尊敬する祖母の言うことやさかい、素直に聞くことにしたんです。ううん、正直なところ、ドキドキして楽しみにしてました。どないなお人やろて。そやのに、そやのに……なんやうちの悪い評判でも耳に入ったんでしょうか。そう思うと、夜も眠られへんようになってしもうて。それで、失礼を承知で、隠善さんにお目にかかりに来ました」

隠善は、目をぱちくりさせて言葉が出ない。

「あなたが隠善さんですね」

「は、はい」

隠源が言う。

「それはお前が悪い」

美都子も、

「そうや、善坊が悪い。こないな可愛らしいお嬢さん振るなんて許せへんわ」

「そうや、そうや」

「ほんまや」

と、縮こまって困り顔の隠善に、みんなが口々に言い笑った。

もも吉は、帯に手をやり、そっと撫でた。そこには、「凶」のおみくじを収めた名刺入れが入っている。


ふっと、やさしい風が縁側を渡った。

庭の向こうの暗闇から、幾弁かのさくらの花びらが舞って来た。

長かった。

あまりにも長かった。

誰にも言えぬ苦しみを、抱き続けて四十年余り。気張って気張って生きてきた。

気付くと、「凶」は「吉」に転じていた。

もも吉は「おおきに」と、心の中で八坂さんに礼を言った。

まさしく、春爛漫《はるらんまん》だと思った。

巻末特別インタビュー

著者・志賀内泰弘がもも吉お母さんに京都の花の名所と甘味処を尋《たず》ねる

「ようおこしやす、志賀内さん。久しぶりどすなあ」

もも吉が、カウンターの向こうの畳に正座をして、笑顔で迎えてくれた。

「締め切りに追われて、すっかりご無沙汰《ぶさた》してしまいました」

もも吉庵を訪ねると、いつもの顔ぶれが揃っていた。奥の席には隠源《いんげん》と隠善《いんぜん》が並んで座っている。手前の美都子《みつこ》が振り向く。角の丸椅子でおジャコちゃんが、ミャウと鳴いて出迎えてくれた。

「もも吉お母さんに、お願いがあって伺ったんです」

「なんやまたかいな、難儀なことどすなぁ」

「実は、巻末のコーナーが好評でして。七巻の老舗《しにせ》和菓子店、八巻の祇園界隈《ぎおんかいわい》のランチのお店の紹介は特に反響が大きくて、本を片手に食べ歩いたというお便りをいくつもいただいているんです」

「それは嬉しおすなぁ」

「もも吉お母さんのおかげです。それでそのお便りの中に、今度はもも吉お母さんお勧めの花の名所と、その近くの甘味処を教えていただきたいという依頼がありまして、お願いにあがった次第なんです」

もも吉は、二つ返事で、

「嬉しいお話どす」

と言い引き受けてくれた。ホッとしてメモ帳を開くと、もも吉が、

「世の中を　なに嘆かまし　やまざくら
　　　　　　はなみるほどの　こころなりせば」

と、歌を諳《そら》んじるので驚いてしまった。

「な、なんですか、それは？」

「なんや、知らしまへんのどすか？　志賀内さん」

「はい、お恥ずかしい」

小さくなった私の代わりに隠源が答えてくれた。

「紫式部《むらさきしきぶ》の辞世の句や。世の中を嘆いてどないしますねん。人の一生なんて山桜の盛《さか》りほど短いものなのに……いうそんな意味やな」

「さすが博学ですね」

もも吉がしみじみと言う。

「京の花の名所と問われて、つらつら思いを巡らせていたら、ふと口に出てしまいました。この歌の繋《つな》がりで、紫式部ゆかりの廬山寺《ろざんじ》さんを紹介しまひょ。ここは紫式部の邸宅跡で源氏物語を執筆したところやそうどす。なんといっても桔梗《ききょう》が有名で、六月から九月にかけて本堂前の源氏庭に鮮やかな紫色の花を楽しませてくれます」

もも吉が、その様子を思い浮かべながら語るのを聞いていた美都子が言う。

「寺町通《てらまちどおり》をはさんだ目の前の梨木神社《なしのきじんじゃ》の萩《はぎ》の花も、可憐《かれん》で素敵どすえ。木立に囲まれた閑静《かんせい》な境内《けいだい》には、九月になると紅や白の萩が咲き乱れます。そうそう、志賀内さんも小説の中で、京の三名水の一つでもある『染井《そめい》の水』を紹介してはりましたなあ。甘味を感じるお水で、お茶でもコーヒーでも何でも相性がええて書いてはったのを覚えてます」

「ありがとうございます」

今度は、隠源が声を上げた。

「そうやそうや。あの辺りで甘いもん言うたら……ちょっと北へ歩かなあかんけど、『出町《でまち》ふたば』の豆餅《まめもち》やろなあ。一つ食べると二つ、三つ…止まらへんくなるのが玉に瑕《きず》や」

この豆餅は、ちょうど本編で書いたばかり。みんなが「うんうん」と頷いた。

「秋に続いて、冬はどちらがお勧めですか」

尋ねる端《はし》から声を上げたのは隠善だ。

「北野天満宮《きたのてんまんぐう》というと、二月の梅が有名ですが、一月に咲く蠟梅《ろうばい》が大好きです。匂いがなんともフルーティーなんですよね。春にはまだ遠く寒さ厳しい折に、春を待ち侘《わ》びる密やかな美しさを感じるんは僕だけやない思うてます」

「善坊《よしぼう》、ええとこ突くわ」

「うん、ついでに、僕の好きな甘いもんも紹介します。北野天満宮といえば、長五郎餅《ちょうごろうもち》です。豊臣秀吉《とよとみひでよし》が北野天満宮で大茶会を催した時、河内屋《かわちや》長五郎いうお人が献上したお餅を秀吉がたいそう気に入って、『以後〈長五郎餅〉と名乗るべし』と命名したと伝わる由緒《ゆいしょ》ある和菓子です」

花と和菓子と言うと、ここにいる誰もが黙っていられなくなるらしい。今度は美都子が「推《お》し」の花の名所を教えてくれた。

「平安神宮《へいあんじんぐう》にほど近いとこに大蓮寺《だいれんじ》いうお寺があります。慶長《けいちょう》五年（一六〇〇）、関ヶ原の戦いのあった年に創建された浄土宗のお寺で、安産祈願のご利益《りやく》で知られてます。初夏は白、赤、ピンクなど三十種類もの蓮《はす》の花が、冬は蠟梅が咲いてうちらを楽しませてくれますが、観光客がほとんど訪れへんという穴場中の穴場どす」

美都子はさすがタクシードライバーだと感心した。

「大蓮寺に行かはったら、ちょっと足を延ばして、『双鳩堂二条店《そうきゆうどうにじようてん》　茶房よもぎ』を訪ねはったらいかがでしょう。鳩の形をした『鳩もち』が有名で、白とニッキ、抹茶《まつちや》味があります」

「あっ！　そのお店は私も知ってます。小説の中で三宅八幡宮《みやけはちまんぐう》を舞台にしたとき、門前の茶屋で食べられるということを書かせていただきました」

もも吉が、

「そうどしたなぁ。三宅八幡宮は鳩を神様のお使いとして崇《あが》めてはるさかいに、鳩もちとご縁があるんや」

と、説明を付け加えてくれた。

「季節もぐるりと巡って、春はいかがですか？」

と尋ねると、もも吉がまるで『待ってました！』とばかりに話し始めた。

「春は、なんと言うても桜どす。桜と言えば、清水寺《きよみずでら》に二条城、円山《まるやま》公園に哲学の道、蹴上《けあげ》インクラインが有名どす。そやけど、せっかくやから、うちも穴場の花見スポットをお教えしまひょ。京都駅からすぐのところにある渉成園《しようせいえん》（枳殻邸《きこくてい》）や。お東さん（東本願寺）の飛地境内地で、立派な庭園なんどすえ。徳川家光《いえみつ》が四百年ほど前に寄進した土地につくられたんどすが、十三景と呼ばれる印月池《いんげつち》、漱枕居《そうちんきよ》、

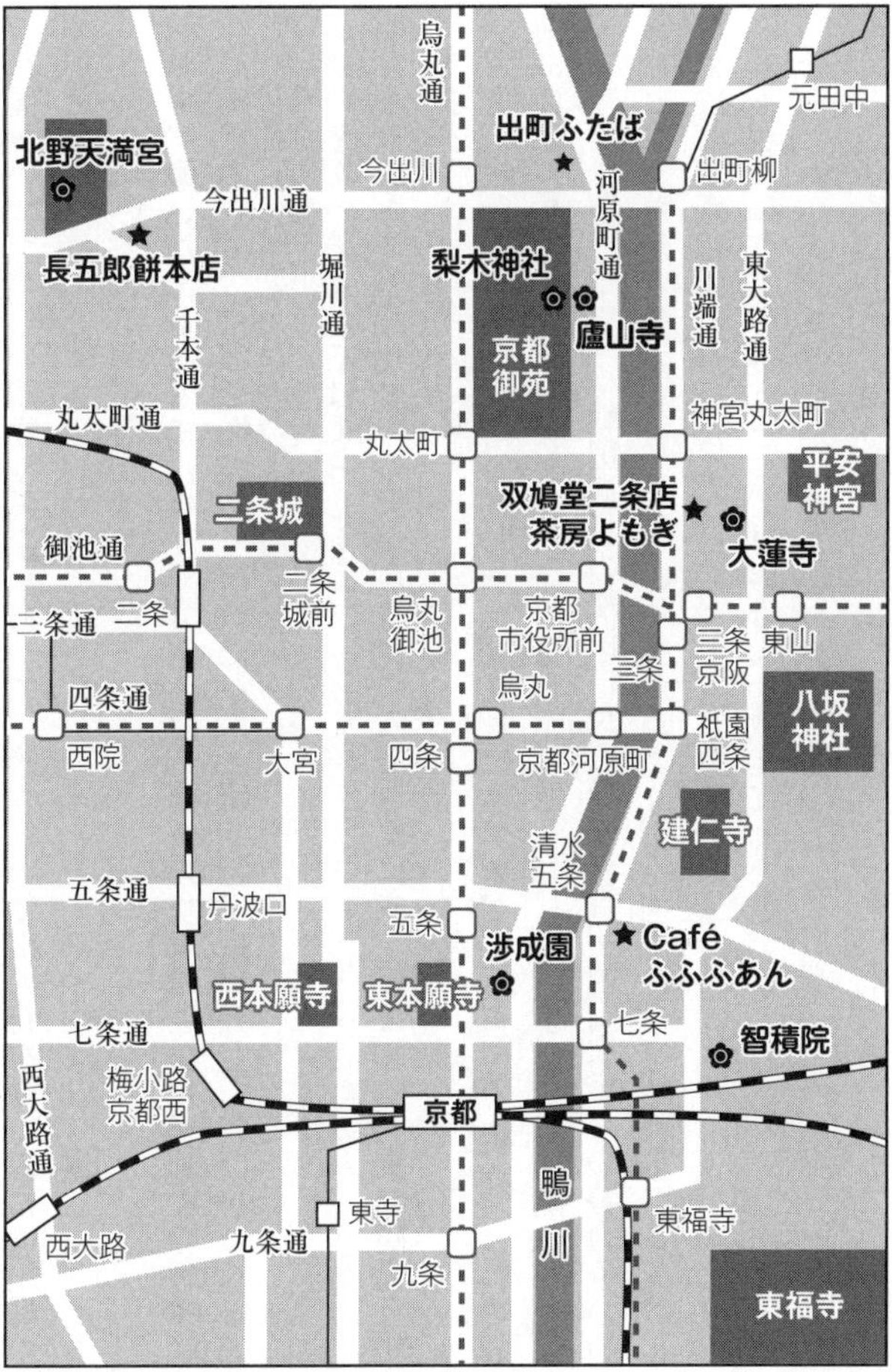
烏丸通
元田中
出町ふたば
北野天満宮
今出川
出町柳
今出川通
河原町通
長五郎餅本店
堀川通
梨木神社
川端通
東大路通
千本通
廬山寺
京都御苑
丸太町通
丸太町
神宮丸太町
平安神宮
二条城
双鳩堂二条店
茶房よもぎ
大蓮寺
御池通
二条
二条城前
烏丸御池
京都市役所前
三条通
三条
三条京阪
東山
四条通
烏丸
八坂神社
祇園四条
西院
大宮
四条
京都河原町
建仁寺
清水五条
五条通
丹波口
五条
Café
ふふふあん
渉成園
西本願寺
東本願寺
七条通
七条
智積院
西大路通
梅小路京都西
京都
鴨川
東寺
東福寺
西大路
九条通
九条
東福寺

傍花閣《ぼうかかく》といった美しい建物や風景があって、落ち着いて桜の花を愛《め》でるには絶好の場所どす」

それを聞いて、隠源が口をはさんだ。

「わて、聞いたことあるで。なんでもドラマ『暴れん坊将軍』のロケ地やそうや。江戸城やのうて、京都で撮影してはったなんて聞くと、京都人としては誇らしい気持ちになるわ」

「じいさん、そんな話はよろし」

「なんやばあさん。せっかくやから読者のみなさんにサービスして、京都観光豆知識を披露《ひろう》しただけやないか」

「さあ、次行きますえ。桜が終わると、五月はサツキどすなぁ。智積院《ちしゃくいん》の名勝《めいしょう》庭園に可愛いピンクの花が咲き乱れて、思わず見惚れてしまいます。智積院は、真言《しんごん》宗智山《しゅうちさん》派《は》の総本山で、戦国武将の織田信長《おだのぶなが》、豊臣秀吉、徳川家康《いえやす》らの勢力争いの舞台となったお寺やさかい、見どころもたっぷりや。国宝に指定されている長谷川《はせがわ》等伯《とうはく》の障壁画は、見逃さんようにしておくれやす」

「もも吉お母さん、もう一つ、甘いもんを教えてください」

「そうどすなぁ。智積院から京都駅への帰り道、五条川端《ごじょうかわばた》の角《かど》の『半兵衛麸《はんべえふ》』さんで、麸まんじゅうを買うてお土産にしはったらどうでっしゃろ」

「半兵衛麸」は、創業三百三十余年の麩の老舗で、八巻の舞台にもなっている。

「社長の玉置さんがうっとこの麸もちぜんざいを気に入ってくれはりましてなあ。『半兵衛麸』さんがやってはる『Cafe ふふあん』で、『なま麸のおしるこ』をメニューに加えはったんや。これが美味しゅうて美味しゅうて」

「なんやて！　わてはまだ食べてへんでぇ。もも吉が言うんやから、よっぽどや。今日にでも食べに行って来るわ」

「おやじ、この後は檀家《だんか》さんと約束があるやないか。僕も用事があるさかい代わりに行く訳にはいかんで」

「うう、そうやった……ああ、『半兵衛麸』さんのおしるこ食べたい」

もも吉庵は、笑いの渦になった。

「切りがないですね。もう書ききれません」

「そうどすか。まだまだ、花も甘いもんもお勧めがぎょうさんありますえ。それでは次の機会の楽しみいうことにしまひょ。読者のみなさんによろしゅうお伝えください」

「はい、またお願いします」

著者紹介

志賀内泰弘（しがない　やすひろ）

作家。

人のご縁の大切さを後進に導く「志賀内人脈塾」主宰。

思わず人に話したくなる感動的な「ちょっといい話」を新聞・雑誌・Ｗｅｂなどでほぼ毎日連載中。その数は数千におよぶ。

ハートウォーミングな「泣ける」小説のファンは多く、「元気が出た」という便りはひきもきらない。

ＴＶ・ラジオドラマ化多数。

著書『5分で涙があふれて止まらないお話　七転び八起きの人びと』（ＰＨＰ研究所）は、全国多数の有名私立中学の入試問題に採用。

他に『№1トヨタの心づかい　レクサス星が丘の流儀』『№1トヨタのおもてなし　レクサス星が丘の奇跡』『なぜ、あの人の周りに人が集まるのか？』（以上、PHP研究所）、『眠る前5分で読める　心がスーッと軽くなるいい話』（イースト・プレス）、『365日の親孝行』（リベラル社）、「京都祇園もも吉庵のあまから帖」シリーズ（PHP文芸文庫）などがある。

志賀内泰弘公式ホームページ
https://shiganaiyasuhiro.com/

「京都祇園もも吉庵のあまから帖」シリーズ特設サイト
https://www.php.co.jp/momokichi/

目次、登場人物紹介、扉デザイン――小川恵子（瀬戸内デザイン）

この物語はフィクションです。

本書は、『PHP増刊号』（2024年1、3、5、7月号）、に掲載された「京都祇園もも吉庵のあまから帖」に大幅な加筆をおこない、書き下ろし「非恋あり 祇園に春は遠からじ」を加え書籍化したものです。

ＰＨＰ文芸文庫　京都祇園もも吉庵のあまから帖9

2024年７月22日　第１版第１刷

著　者	志賀内泰弘
発行者	永田貴之
発行所	株式会社ＰＨＰ研究所

東京本部　〒135-8137　江東区豊洲5-6-52
文化事業部　☎03-3520-9620（編集）
普及部　☎03-3520-9630（販売）
京都本部　〒601-8411　京都市南区西九条北ノ内町11

PHP INTERFACE　https://www.php.co.jp/

組　版	株式会社PHPエディターズ・グループ
印刷所	TOPPANクロレ株式会社
製本所	東京美術紙工協業組合

ISBN978-4-569-90418-4

PHP文芸文庫

京都祇園もも吉庵のあまから帖

志賀内泰弘 著

京都祇園には、元芸妓の女将が営む「一見さんお断り」の甘味処があるという――。ときにほろ苦くも心あたたまる、感動の連作短編集。

PHP文芸文庫

京都祇園もも吉庵のあまから帖2

志賀内泰弘　著

もも吉の娘・美都子の出生の秘密とは？　京都祇園の甘味処「もも吉庵」を舞台に繰り広げられる、味わい深い連作短編集、待望の第二巻。

PHP文芸文庫

京都祇園もも吉庵のあまから帖3

志賀内泰弘 著

忽然と姿を消したかつての人気役者が祇園に現れたわけとは？　祇園の甘味処に集う人々の哀歓を描いた人情物語、急展開の第三巻。

PHP文芸文庫

京都祇園もも吉庵のあまから帖4

志賀内泰弘 著

京都南禅寺のホテルで無銭飲食をしようとしていた男を見たもも吉は……。祇園の甘味処に集う人々の悲喜交々を描くシリーズ第四巻。

PHP文芸文庫

京都祇園もも吉庵のあまから帖5

志賀内泰弘 著

声を失い、筆談でお座敷を務める舞妓の勇気が起こした奇跡とは。古都の風物詩の中で、凜として生きる人々の姿を描く、感涙の第五巻。

PHP文芸文庫

京都祇園もも吉庵のあまから帖6

志賀内泰弘　著

「同級生の冤罪を晴らして」と懇願する女子高生の悔恨とは。人の哀歓に寄り添う女将と、祇園の人々の人情を描く好評シリーズ第六巻。

PHP文芸文庫

京都祇園もも吉庵のあまから帖7

志賀内泰弘 著

仕事の愚痴ばかり言う新入社員に、甘味処の女将もも吉が差し出した一粒の金平糖に託した想いとは。大好評「祇園人情物語」の第7巻。

PHP文芸文庫

京都祇園もも吉庵のあまから帖8

志賀内泰弘 著

かつて芸妓であったもも吉が、京都・祇園の片隅で、甘味処を営むようになったわけとは。大好評「祇園人情物語」のシリーズ第8巻。